あけびさんちの朝ごはん

石井颯良

角川文庫
23493

目次

プロローグ　からっぽの冷蔵庫

「おなかがへったのっ！」

驚きで目が覚めた。寝ぼけていても決して自分が口にしない言葉に、ぼんやりとした頭で部屋の外にいる存在を思い出す。

誰かの声で起きたのは、いつ以来だろうか。通夜の興奮から昨日はなかなか寝付けなかった。夜中にも何度か起きてしまったせいで、頭はスッキリしていない。

時計を見ると、八時を回っていた。

昨日のことが蘇《よみがえ》り、顔を両手で覆う。やっちまったという悔いをため息と共に追い出し、パンと頬を張って部屋を出た。

しかし、その勢いはすぐにくじかれてしまった。

「だから、ちょっと待てって言ってるんだよ！」

「いやだ、いやだぁっ！　早くしてって言ってるでしょー!!」

幼稚園の年少さんだと言っていた咲希《さき》ちゃんは、顔を紅潮させながら、小さな手で思い切り兄の幸希《こうき》くんの足を叩《たた》く。バチンと痛そうな音を響かせている。

予想以上の惨状に、踏み出すことを躊躇《ちゅうちょ》してしまう。

いやいや、ここで立ち尽くしていても何も変わらないでしょ。

顔を顰《しか》めた幸希くんは、夏休みだというのに制服を着ている。……そうだった、彼の着るものがそれしかないんだった。こどもたちに必要なものを揃えないといけないな。

「おはよう」

声を掛けると、二人はようやく私に気が付いたようだ。幸希くんはばつの悪い顔をし、咲希ちゃんはポロポロと大粒の涙を流している。突然両親がいなくなったのだ。情緒不安定になるのも当然だろう。

「一度お顔拭《ふ》こうか」

咲希ちゃんの前に跪《ひざまず》き、ティッシュで拭《ぬぐ》ってやるが、彼女はまだ口にぎゅっと力を込め、への字に曲げている。

「★□※◎っだぁっっ!!」

「え？」

何を言っているのか聞き取れないんだけど。咲希ちゃんは再びわめき出すが、ギャーッと叫んでいるようにしか聞こえない。

止む気配のない叫びに痛む耳を押さえながら、謝り倒してもう一度言ってとせがむ。

「おながが△〆●っ!!」

そういえば、さっきお腹が減ったという声が聞こえた気がする。でも、お腹が空《す》いただけでここまで泣き叫ばないよねぇ。

「お腹が痛い？」

私の言葉に、咲希ちゃんはきっと眦《まなじり》を決した。

「なんでぎいでぐれないのっ!!」

彼女の手が、今度は私に向かって振り下ろされる。遠慮のない力は、見た目どおりに痛い。

「いたっ、ちょ、やめて」

「こらっ！　やめろ、咲希っ」

幸希くんが慌てた様子で、咲希ちゃんの両手を摑《つか》む。ほっとするが、振り払おうと身体を揺《ゆす》っているので、落ち着いている場合ではない。

「おながべったのっ！　はやぐごはんだべだいのよっっ!!」

「……お腹が空いてるだけ……ってこと？」

呆気《あっけ》に取られながら幸希くんを見上げると、彼はうんざりした表情で首肯《うなず》く。

「えーっと……」

聞き間違いや勘違いなんかじゃなかった。こどもというのは、空腹でここまで騒ぐものなのか。自分の認識の甘さとこれから進む道の険しさに、頭を抱える。

こどもと接する機会なんてなかったし、出来る限り避けてきた。まさか同居人として暮らすことになるとは、想像もしたことがない。

やっぱり、引き取るなんて無理だったのかな……いやいや、そんなこと言ってられないでしょ。

ぎゅっと力の入った眉間《みけん》を指でぐりぐりとほぐし、フーフーと獣のように荒い息を吐いている咲希ちゃんを見つめた。

どんな困難が待っていても、これから彼と彼女を私が守っていかないといけないんだ。

俯《うつむ》きたくなる顔を上げ、二人を見た。

私は、上手《うま》く笑えているだろうか。

「ごめんね、うちにはごはんと呼べるものがないんだ。だから、外に食べに行こうか」

一話　とろとろチーズのツナメルト

「おめでとう。お幸せにね」

祝福の声を背に会社を出た。パステルピンクの花束は、幸せを象徴しているかのようだ。顔を埋《うず》めたくなる。

新卒からお世話になった会社を辞めるのは、正直心残りがある。でも、決めたのは自分だ。今はとにかくこの浮き立った気分に浸ってしまおう！

少しいいワインとブーランジュリーのバタール、デパ地下のおしゃれな惣菜《そうざい》を選んで、いそいそと新居へ向かう。今日、婚約者は休みを取って、部屋の片付けをしているはずだ。

はやる気持ちを抑えて、そっと鍵《かぎ》を回し、憧《あこが》れていた言葉と共に玄関ドアを開けた。

「ただいま！」

しかし、私の目に飛び込んできたのは、

「ごめん、彼方《かなた》！　許してくれ」

床に頭をつける婚約者と、見知らぬ女の後頭部だった。

何やら言い訳をぐちぐちと並べていたが、それまでの甘酸っぱい気持ちと、目の前の光景が上手く処理できない。それでもなんとか頭を再起動させ、

「許せるかぁっ!!」

叫び声と共に二人の男女、そして彼らの荷物を部屋の外へと放り出したのであった。

顚末《てんまつ》を話すと、由貴緒《ゆきお》は呼吸困難になるほど大爆笑して、しばらく苦しそうに倒れ込んでいた。

そこまで笑ってくれたら本望だよ。いや、嘘。空しくて仕方ない。

「詳しく教えてくれっていうから話したのに。そこまで笑う？」

「二人を叩き出して、自分の荷物まとめて出てくるなんて、男前じゃん。彼方にしちゃあ、やったねぇ。頑張った頑張った」

お酒とおつまみでいっぱいになったエコバッグの中をかき分けながら、由貴緒は他人事《ひとごと》のように笑っている。事実他人事なうえに、彼との婚約どころか交際にすら賛成していなかった彼女には、「言わんこっちゃない」というところだろう。

それに、話を聞く姿勢に悲愴《ひそう》なものを見せないのは、彼女なりの優しさであることもわかっている。それでも人生で一番の失敗を笑って流すことは、さすがに未《ま》だでき

ない。

「実家を売ってまで引っ越しを決めたのにねぇ。でも籍を入れる前でよかったじゃん」

由貴緒は薫製《くんせい》たまごの袋を開けながら、話の続きを要求してくる。溜《た》め込まずに全部話してしまった方が楽になると、保育園からの親友は促しているのだ。

それでも素直に吐き出すことも躊躇《ためら》われ、缶チューハイで喉《のど》を湿らせた。シュワシュワとした泡と桃の甘みが、胸を通っていく。

「相手は取引先の若い子だって。こっちは二十一歳の時から六年も付き合ったのに、直前でたった半年の子に取られるとか、本当にさ、なんだろうね、なんなんだろうね、この六年。こどもは苦手だからほしくないって言ったら、二人で仲良く年取ればいいよとか言ってたのに。私が料理できないこと知ってて、『彼女の手料理がうまくて』とか言ってくるアホさ加減。すーっと冷めたよね。ほんっとうに無駄な六年を過ごしてしまった」

「無駄な時間もあったけど、まあ痛い目に遭って得るものもあるでしょう。慰謝料がっつりもぎ取れたみたいだし」

「それはもう、由貴緒さまさまです」

すぐに弁護士を挟んだおかげで、裁判沙汰《ざた》になったら困る婚約者は二回目の話し合いで分厚い封筒を持参してきた。貯金全額でどうにか……と保身に走る彼の姿に、残っていた想いも霧散した。五つの束を見た弁護士も、破格の金額であることを理由に和解を勧めてきたので、その場で領収書にサインをした。

一度目の話し合いで上手い具合に「あなたが困るんですよ」と話をもっていってくれた有能な弁護士は、由貴緒の紹介だった。元々は彼女の実家である〈高梨《たかなし》不動産〉を通して付き合いのある事務所だったらしい。

「浮気相手の方からもふんだくればよかったのに。婚約してること知ってたんでしょ？　そういう優しさがつけ込まれるんだよ」

「優しいとかそういうんじゃないよ……ただ、さ、」

新居で必死に頭を下げる彼女のお腹は、ふっくらと膨らんでいたのだ。

「これから夫になるやつが貯金もなく、結婚式もできず、祝福してくれない人もいる……それだけで、もう罰は受けてるんじゃないかな」

へらへらと薄ら笑いを浮かべながら言い訳を並べたてる婚約者の隣で、顔を青くしながらも懇願する女性の顔に、シングルマザーとして必死に働いていた母の面影を見た。これからあんな無計画男と夫婦になって、こどもを育てていかなければならないのだ。同情の念すら浮かぶ。

「でもさ、ほんの少しだけホッとしてるんだよね……おかしいよね」

温かな家庭に憧れていた。でも本心では、誰かと家族になることが少し恐ろしくもあったのだと気付いてしまった。

人として、大きな欠陥がある。

だから、浮気をされた、うまくいかなかったのだ。

そんなことはないとわかっているのに。

「もう一生一人で生きていくと覚悟を決めたほうが、楽なのかも。家庭を作ろうなんて、私には無謀だったんだよ」

大きなため息をついて、床に寝転んだ。ラグすら敷いていないフローリングは、ひんやりとして気持ちがいい。

「家、本当にきれいになったねぇ。工事終わったのって、いつだっけ」

「先週末だったかな」

高梨家は元々地主だったため、自身の不動産もいくつか所有している。由貴緒も祖父母から贈与された物件をいくつか所有しており、その中の一つであるマンションを自分の住居用にリノベーションしていた。ワンフロアをぶち抜きで、ファミリー向けの二戸を一戸にまとめると聞いたときには驚いた。一人暮らしには多すぎる部屋数だが、他の居住者の生活音が気にならないというのは羨《うらや》ましい。

床も壁も真新しく、部屋には家具の一つもない。今だって由貴緒と二人で床に座り込み、お酒を飲んでいる。曲がりなりにもインテリアの仕事をしていた私としては、殺風景な部屋に落ち着けない。その視線に気が付いた由貴緒は、寒々としたリビングを見回した。

「デザイナー見習いとしては、この部屋をどうデザインする？」

インテリアデザインの勉強もし、資格も取得しているが、任されていた仕事は既存の家具を配置して部屋を作るコーディネートばかりだった。室内の空間を設計するデザイナーとしての経験は、まだまだ少ない。

リノベーションした際にデザインはしなかったのだろうか。だだっ広い空間は、使い方次第で印象をいくらでも変えることができそうだ。

「一部屋ずつ印象を変えるとして、リビングは刺激の少ないナチュラル系かなあ。家具と小物の一部だけに濃い色を使ってアクセントにすれば、飽きないし。ここにテレビでしょ。で、向かいにローテーブルとソファー。由貴緒の好きそうな木製の、そのまま寝たくなるやつ。ソファーの前には、ふかふかのラグを置いて、お休みの日にひなたぼっこしたり、ゴロゴロしたり。毛足が短ければ、リングフィットもできそう」

「いいね。リングフィットはしないけど、彼方にコーディネート任せるよ。費用に糸目を付けないから、好きなようにやっちゃってよ」

「え、うそ！　いいの？」

会社に勤めていたときだって、一人ですべてのインテリアをしたい放題にできたわけではない。クライアントの意向に沿ったものを提案するのが仕事だ。

由貴緒の趣味も好みもわかっている。それを費用計算に苦心することなく、彼女の好みの部屋を思う存分仕立て上げられるのだ。一気に気持ちが浮上すると同時に、胸の奥が熱くなる。

「由貴緒は、私に甘すぎる」

私を元気づける方法をよくわかっている親友ではあるが、それ以上に全幅の信頼を寄せてくれていることに、涙が出そうだ。

「楽しみができたよ、ありがとう」

すでに頭の中でどうしようかと悩み始めていると、見透かしたように由貴緒は次の缶を開けた。

「でもさ、家がなくて、仕事も辞めて、これからどうするのよ」

「高梨不動産が優秀すぎて実家も売れちゃったし、早く家を探さないと。仕事も辞めるんじゃなかったなぁ……」

父が亡くなり、生活を一手に引き受けることになった母とは、すれ違うような生活を送っていた。母には感謝しているし愛情も充分に感じていたが、いつも家で一人だったため、温かな家庭への憧《あこが》れが強い。だからこそ、夫が帰ってくる時には「おかえり」と出迎えたくて寿退社したのに。

実家の引き渡しの期限は、あと一週間ほどに迫っている。退職後に運びだそうとしていた荷物は準備万端だが、行く当てがない。

「すぐにいい部屋が見つかるかわからないし、とりあえず全部レンタル倉庫に入れておくしかないかなあ」

横になったまま近くのレンタル倉庫とビジネスホテルを検索しようとすると、顔の前にクラフトビールの瓶が置かれた。目を上げると、由貴緒がにやりとする。

「それじゃあさ、ここに住まない？」

「……シェアハウスってこと？」

誰かと暮らすことは無理だと諦《あきら》めたばかりだが、気の置けない親友であり、侵されたくない領域もわかりきっている由貴緒なら話は別だ。これだけ部屋が広ければ、過干渉になることなくお互いの生活を送ることもできるだろう。

それなら楽しそうだなと身を起こすが、由貴緒はすぐに「違う」と否定した。

「海外赴任が決まった」

ひゅっと息が止まる。すぐに吐き出した息と共に心が飛び出す。

「え、うそ！　いつから、やだ、寂しい。でも頑張ってね！」

由貴緒はいたずらな笑みで私を見つめている。彼女は自分のことをなかなか話してくれず、終わってから聞かされたことが百万個ぐらいある。飄々《ひょうひょう》としているから、悩むような出来事が彼女にあったとしても気付けないのだ。

「実は今週中には発《た》つんだ。家をどうしようかと思ってたけど、彼方に住んでもらえるなら安心だわ。すぐに引っ越してきなよ。もちろん家賃はもらうけど」

「当然でしょ！……早く新しい仕事見つけないと」

北浦和《きたうらわ》駅に比較的近い位置にあった実家が売れ、破格の慰謝料を受け取った懐は、現在盛夏に負けないぐらい温かい。それでも日々の生活に、老後に、不測の事態にと考えると、全額蓄えに回しておきたいところだ。

「兄貴に仲介を頼んでおくから、管理人としてこき使ってやって」

「え、結人《ゆうと》くんが戻ってきてるの？」

結人くんは由貴緒の二つ年上の兄であり、保育園から高校まで同じ道をたどった幼《おさな》馴染《なじ》みでもある。面倒見がよく、彼が高校生になってからも何かと世話を焼いてくれ、遊びに行ったりもしていた。将来家業を継ぐために大学時代に宅建の資格を取っていたが、勉強のためといって、銀行に入行し、遠方へ転勤していたはずだ。

「うん、去年の四月にね」

「一年以上も前に？　どうして教えてくれなかったの？」

「教えてどうするのよ。あんたの元婚約者は、兄貴のこと嫌いだったでしょ」

そうだった。優しくて面倒見がよくて、まるでお母さんみたいな人だと何度説明しても、元婚約者は結人くんのことを毛嫌いしていた。

そもそも、その時点で元婚約者の性格を疑うべきだったのだ。再び悩みにはまりそうになっていると、由貴緒がえいひれを押しつけてくる。

「まあ、気心の知れた兄貴だから、彼方も遠慮せずに家のことでもこれからの生活のことでも、なんでも相談しなよ」

目がじんわりと温かくなった。

お互いに忙しくて会う機会は減っていたけど、いつでも傍にいた親友がいなくなってしまう。婚約破棄以上のショックだ。それでも一生会えなくなるわけではないし、電話もメールも連絡手段はある。それ以上に、離れても由貴緒は私の心配をしているだろうし、自分の代わりに兄をお守りとして置こうとしている。いつも泰然としている親友があまり見せない一面に、無理矢理口角を上げた。

従姉《いとこ》の訃報《ふほう》を告げられたのは、それから二週間後のことだった。

足取り重く訪れた通夜には、会いたくない顔が勢揃いしていた。

「あら、彼方。成美《なるみ》の亡くなったとき以来かねぇ」

曖昧《あいまい》な笑みを返し、部屋の隅に陣取る。できる限り接触を避けていたが、今日ばかかりは逃げようがない。

親戚《しんせき》が集う場で、守ってくれるもののいない私は攻撃の対象になりやすい。だから覚悟を決めてきたが、今日ばかりは彼らの興味は別にあるようだ。

（……相変わらずだな……）

入り口の近くで、難破船に乗っているかのように身を寄せ合っている二人がいる。従姉の年賀状に写っていたこどもたちだ。兄の方は高校生、妹の方は幼稚園児ぐらいか。名前をなんといったかは、覚えていない。まだ庇護《ひご》されるべき存在であるのに、彼らを守ってくれる存在が突然いなくなってしまったのだ。多重事故に夫婦で巻き込まれたのだという。

従姉は私とは十歳の年齢差があったとはいえ、死ぬには早すぎる。

父を亡くし、母と二人暮らしになった当初、よく伯母《おば》の家に預けられた。伯母一家は私を本当の娘のように扱ってくれ、叱るときも従姉と同じ雷を落とされ、涙が出るほど怖かった。大学入学直前で私の母が亡くなった時から、自然と疎遠になってしまったが、それからも親戚たちの好奇心と不躾《ぶしつけ》なお節介から守ってくれていたのだろう。だからこそ、いつか恩を返したいと思っていたのに、伯母も伯父《おじ》も早くに亡くなり、従姉まで旅立ってしまった。

かわいそうに、かわいそうに、という哀れみの言葉が、呪詛《じゅそ》のようにあちこちで唱えられている。

妹の方は異質な雰囲気に怯《おび》え、唯一すがれる兄にぎゅっとしがみついている。兄の方は時々親戚たちの相手をしながらも、片手で妹をしっかりと抱え込んでいる。

しかし、空いた片手が膝《ひざ》の上でぎゅっと強く握り締められていることに、周りの大人たちは気付いているだろうか。

……兄はもう再来年高校を卒業……もう大人……いくらぐらい保険……遺産は、
持ち家だろ、売ったらどれぐらいに……そんなに、へぇ……でもねぇ……

うちは狭いから二人に申し訳ないし……一人なら
……うちだって……子供二人で暮らすのは、世間体が……

施設も二人一緒には……いやあ、それも……じゃあ
……でもでもでもでもでもでもでもでも……

従姉たちの死を悼むわけでもなく、親類たちの勝手な言い分は止まるところを知らず、耳に悪意を注がれているかのようだ。

こみ上げてきた胃液を飲み込もうとした時、

「コウキくんはしっかりしてるから、なんとかなるだろ」

無責任な「大丈夫」という押しつけが、私のスイッチを押した。

「いつもいつもいつも勝手なことばっかり言うな！」

皆がぽかんと口を開けて、こちらを見ている。

それもそのはずだ。攻撃対象にならないように、今までは親戚の前では大人しく愛想笑いを浮かべてきたのだ。

「こどもだって、何を言われているのかわかります。私も父が亡くなったときのことを、忘れたことはありません」

――大丈夫よね、彼方は、しっかりしてるもんな、いやあ、助かる――何度も押しつけられてきた呪いが頭に蘇《よみがえ》る。気が付くと、私は立ち上がっていた。

自分が責任を取りたくないことを「しっかりしてる」という表面だけの印象で包んで押し通そうとする。洗脳されるように自分を律していると、それが澱《おり》として溜《た》まり身動きが出来なくなるということを知っている。

――もう、こんな場所にいたくない。いさせられない。

私はバッグを摑《つか》み、つかつかと出口へ向かう。そしてこどもたちの前にしゃがみ込んだ。

「初めまして。私は明日彼方《あけび》と言います。菜穂《なほ》ちゃんの従妹《いとこ》で、いっぱい助けてもらいました。このたびはお悔やみ申し上げます」

兄の方は訝《いぶか》しげだが、妹の方は好奇心を覗《のぞ》かせている。

「橘《たちばな》幸希です。こっちは妹の咲希です」

「かなたちゃん？」

はにかむような咲希ちゃんの声は、風鈴のように心地よく響く。ただただほっとしたような彼女の声に、涙が出そうだ。できる限り優しく微笑んだ。

「そうだよ。よろしくね。荷物はこれだけ？　後でいくらでも取りに行けるから、大丈夫か」

二人に立つように促すと、状況を理解したのか、周囲は焦って引き留めようとする。

─どういうことだ、彼方──ちょっとなに─馬鹿なこと─言ってる─座り─これだからシングルマザーの子はしつけが─なさい─おちつけ─

すべての声を遮断して、二人にだけ目を向ける。

どうか、二人にも私の声だけが届いてほしい。

「一緒においで」

咲希ちゃんはきょとんとした目で、私と幸希くんを交互に見上げる。兄の方は、見定めるような視線を返し、妹に回した手にぎゅっと力を入れた。

彼の目を見て、理解する。絶望よりも深い諦念《ていねん》。自分を守るために世界を自分から切り離し、その場をやり過ごそうとしているのだ。嫌というほど覚えがある。

動こうとしない、いや、現実に足を取られて動けない幸希くんの手を摑み、引く。

意外なほどすんなりと立ち上がった幸希くんの目を、真っ直ぐに見つめた。

残念だけど、君の毎日はこれからも続いていくんだよ。大きく形を変えながら。

でも、君は一人じゃない。

「咲希ちゃんと、三人で一緒に行こう」

そう告げると、幸希くんの瞳《ひとみ》に少しだけ光が戻ったように感じられた。もう片方の手を咲希ちゃんに伸ばすと、小さな手は驚くほど強い力で握り返してくる。熱いぐらいの体温に、少しだけ心がほぐれるのを感じた。

罵声《ばせい》に似た声を背中に受けながら、二人を連れて外へ出る。

どろどろと汗が吹き出しそうな熱風が吹いてくる。二人を電車で連れて行くのも憚《はばか》られ、捕まえたタクシーに乗った。行き先を告げようとして「あっ！」と声を上げる。

(自分の家じゃないんだった……！)

ドライバーの不安げな視線に曖昧に笑みを返し、由貴緒のマンションの住所を告げると、慌ててスマホを取り出した。アドレス帳を開いて、手を止める。今は九時過ぎ。向こうはそろそろ出勤時間だろうか。こんなややこしい事態を説明するには、迷惑な時間だ。でも急を要することではある。

迷った挙げ句、大きく息を吸って、違う宛先に電話をかけた。幾度かのコール音の後、

「――彼方ちゃん？」

柔らかな低い声が応答した。ささくれていた心が凪《な》いでいく。

「ごめんね、結人くん。こんな時間に」

見えていないのに、ペコペコと頭を下げると、電話の向こうで笑う声が聞こえた。

「なに、クーラーでも壊れた？　それとも部屋に虫が入ってきたとか」

「えっと……お願いがあって」

えっ⁉　と大きな声と一瞬の沈黙が流れる。

「彼方ちゃんが、お願いだって⁉」

簡単に事情を説明すると、結人くんは驚きながらもマンションへ駆けつけると約束してくれた。

電話を終えて横に視線を向けると、目が合った咲希ちゃんははにかむような笑みを浮かべたが、幸希くんは移り変わる車窓に目をくれている。その一方で、私の挙動を警戒しているのがわかる。

彼らにとって、世界は急に姿を変えたのだ。そして、私にとっても大きな波となって押し寄せてきている。

タクシーがマンションの前へ止まると、エントランスにいた人物が手を挙げた。傍らには大きな荷物が置いてある。

「ごめんね、営業も終わってる時間なのに。今度お礼するから」

何度も頭を下げるが、結人くんは鷹揚《おうよう》に笑うだけだ。

「仕事の一環でもあるけど、珍しく彼方ちゃんが頼み事をしてきたのに、断るわけないよ」

ん？　珍獣みたいな扱いをされてない？

彼は咲希ちゃんの高さに合わせて膝を折り、幸希くんを見上げながら言った。

「高梨結人です。おうちの管理人で、彼方ちゃんの幼馴染《おさななじ》みです。困ったことや住んでてこうしたいなあってことがあったら、なんでも相談してください」

咲希ちゃんは律儀にぺこりとお辞儀を返し、幸希くんは真贋《しんがん》を鑑別するように見つめている。

とりあえず中に、とオートロックを開ける。結人くんは大きな荷物を持って、最後に続いた。咲希ちゃんはキョロキョロとあちこちに視線を向けるが、幸希くんが手を引いて前を向かせている。

電気を点《つ》けると、煌々《こうこう》と部屋が照らされる。しかし由貴緒好みに厳選しながら家具を揃えていこうと思っていた部屋は、まだがらんどうだ。早々にファミリー向けの家具を揃えなければいけない。これも由貴緒に相談が必要だ。

調えた家具といえば、リビングに置かれた天童木工の三人掛けソファーと、滑らかな木目のすばらしいローテーブルだが、皆で並んで座って話をするというのもおかしい。大きなマルチケットを部屋の中央に敷き、座るように促した。

冷蔵庫に冷えていた水のペットボトルをそれぞれの前に置くと、咲希ちゃんはもの珍しそうにペットボトルを持った。

「コップに入れなくていいの？」

「ごめんね、人数分ないから、今日は直接飲んでもらっていいかな？」

「わかったぁ」

咲希ちゃんは開けてもらったペットボトルを豪快に持ち上げ、少し咽《む》せながらも楽しそうに笑っている。

話をどう切り出したものかと考え、つい口が重くなってしまう。

「彼方ちゃんが言っていたのは、この二人も一緒にここで暮らしていいか確認を取りたいってことだよね？」

口を切ったのは結人くんだった。

親戚《しんせき》との関係性などを知られているから、細かく説明しなくてもわかってくれる。

「賃貸は物件によって決まりがあるから、条件から外れるなら他の家を探さないといけないなと思って」

「由貴緒には一応確認はするけど、彼方ちゃんがもし誰かと住むっていうなら、それでもいいって言ってたから、あまり心配しなくて大丈夫だよ。それよりも……」

結人くんはこどもたちの方を向いて座り直し、深く頭を下げた。

「このたびはお悔やみ申し上げます」と、二人をいっぺんに抱きしめるように、腕をポンポンと二度叩《たた》いた。

「彼方ちゃんも僕も、できる限りのことはするから。なんでも言ってね」

咲希ちゃんは首を傾げる。

「さきちゃんもここで暮らすの？　なんでおうちに帰らないの？」

「咲希……」

幸希くんは不安と困惑の混じり合った表情で、妹を見つめている。それ以上のことを言えないのは、私も同じだ。

ペットボトルの蓋《ふた》を回すと、パキッと小さな音が大きく響いた。

幼い咲希ちゃんがどれだけのことを理解しているのかはわからない。通夜での不安な表情は、両親の不在と異質な雰囲気を恐れていたからだろう。

だからといって、それが永遠に両親と会えないということだと理解しろというのは難しい年齢なのかもしれない。

私の父親が亡くなったのは十歳の時だった。死ぬということが理解できる年齢ではあったけれど、数年ほどは父がふらりと帰ってくるのではないかと思っていた。

咲希ちゃんのあどけなさに自分の姿が重なり、胸が苦しくなる。

「しばらくの間、咲希ちゃんと幸希くんは、ここで私と暮らしてもいいかな？」

「ゆーとくんは？」

「結人くんは自分のおうちがあるんだよ」

「さきちゃんも、おうちあるよ」

「今日からここが咲希ちゃんたちのおうちになるんだよ」

咲希ちゃんは少し考えるように、じっと私の目を見つめてきた。何を言われるかとドキドキするが、

「ふうん。いいよ」

わざとらしく明るい声で、そう告げた。

あっさりと首肯《うなず》いてくれたことにほっとする。幸希くんも苦い顔はしているが、了承するように小さく頭を下げた。納得しているというよりも、諦《あきら》めたという表情だ。

「今日は疲れているだろうし、また明日《あした》も朝から、あるでしょ？」

頷《うなず》きを返し、部屋に案内するねと立ち上がった。自分の使っている部屋以外は、どこもまだほとんど家具を入れていないが、どこに寝てもらえばいいだろう。

考えた結果、奥にある南向きの部屋のドアを開けた。二つあるメインルームの一つだ。カーテンを下げてあるし、十畳あるので、二人で使っても狭すぎるということはないはずだ。リビングを挟んで私の部屋とは対角にあるから、物音が変に気になるこ

ともないだろう。

「とりあえずここに荷物を運んでいく感じで。不都合があったら言ってね」

部屋のことは落ち着いてから考えることにしよう。いや、他に部屋を借りることを考えた方がいいのかもしれない。

二人を案内してから気が付いた。

「あ、布団……」

家具もないのに、客用布団などあるはずがない。勢いだったとはいえ、迂闊《うかつ》すぎる。

「布団は並べて敷いちゃっていいかな?」

二人の後から部屋に入ってきた結人くんは、さっき持っていた大きな荷物をテキパキと解く。中から出てきたのは布団のセットだ。結人くんは別の袋を幸希くんに押しつけ、「ほらほら」と手を叩いた。

「汗をかいてるだろうし、シャワーでも浴びて、今日は早く寝ちゃった方がいいよ。布団はセットしておくから、彼方ちゃんは二人をお風呂《ふろ》に案内してあげたら」

なるほど、中身は着替えか。ほっとすると同時に、彼の気配りに圧倒されてしまう。足りないものはどれほどあるだろう。現時点では想像もつかない。

頭を抱えていると結人くんに背中を押され、トイレなどの説明を加えながら洗面所へ向かう。咲希ちゃんは探検に目を輝かせ、幸希くんは不安そうな眼差《まなざ》しを向けていた。それもそうだ。ただでさえ広すぎるのに、どこも殺風景なんだから。

なんでこんなところに住んでるのかとか、いろいろ疑問も浮かぶよね……。

「好きにタオルを使っていい……って言っても、使いづらいよね」

バスタオルとフェイスタオルのセットを二つ、幸希くんに渡し、予備としてフェイスタオルをさらに二枚取り出し、先ほど結人くんに渡されていた着替えと一緒に台に置いた。

「お風呂は二人で入れる？」

幸希くんと咲希ちゃんは顔を見合わせる。年の差が大きいので抵抗があるという可能性も考えたが、咲希ちゃんは元気よく首肯いてさっそく服を脱ぎだした。

「じゃあ、ごゆっくり」

洗面所を後にして、二人にあてがった部屋へと急いで戻る。タオルケットを大きく広げていた結人くんは、顔を上げて笑った。

「疲れた顔になってるよ」

慣れないことをしたせいで、どっと疲労が押し寄せている。それでも、布団や着替えは、私が考えて用意をしなければならなかったはずだ。

「何から何まで、ありがとう。本当に助かりました」

結人くんは何でもないと、さらに笑みを深くする。結人くんのオカン気質は、今でも健在のようだ。変わらない彼の姿に落ち着くと同時に、自分の至らなさに情けなくなる。

「啖呵《たんか》切って連れてきたのに、結人くんがいなかったら、落ち着いて寝かせることもできないところだった」

「彼方ちゃんの啖呵なんて珍しいな。なんて言ったの？」

「笑い事じゃないよ」

結人くんの前では、ついこどもの頃に戻ってしまいそうになる。

「最初からこんなんで、二人の面倒をみるなんてできるのかな」

こんなことを口に出すなんて……。

普段ならこんな弱音は飲み込めるのに。間断なく押し寄せた急激な変化に、気付かないうちに疲労が溜《た》まっていたのだろう。

「ごめん」と小さく呟《つぶや》くと、結人くんはセロファンに包まれたラムネを差し出してきた。

「こどもじゃないよ」

拗《す》ねるような口調で受け取りながらも、笑ってしまう。

「お客さんのお子さんにあげたりするんだよ。他にも、ほら」

結人くんが取り出したメッシュのポーチには、小さなシールやメモ帳がぎっしりと収まっている。物件を契約する大人だけではなく、その子にも向けられる気遣いは、家族で訪れる客に喜ばれていることだろう。

「面倒をみるって考えるから、重荷になるんじゃないかな」

「でも、引き取るからには私が保護者になるんだし」

母と二人きりの生活になるまでは、家を誰が整えているのかなんて考えたことがなかった。一人の時に火と刃物は絶対にダメだと禁止されたため、料理以外の家事を全て行うようになったが、母を助けるためというよりも、利己的な行動だった。結果的に「いいこ」「しっかりしてる」というレッテルを貼られ、自分からは助けを求められなくなった。だからこそ、二人をそんな境遇には置きたくないのだ。

「保護者は、まあ、そうだけど。

こくりと首肯く。記憶すら乏しかった。

「彼方ちゃんは、二人をどうしたくて引き取ったの？」

勢いが先に立っていたため、改めて感情をまとめてみる。

引き離されるのはかわいそうだから。

過去の自分のようで、見ていられなかったから。

細かな理由は様々あるが、衝動的に動いた一番の理由は別にある。

「……あんな親戚《しんせき》のところには居させられない」

「じゃあさ、一緒に暮らす《同志》ぐらいに考えてみたら？」

同志……？

「彼方ちゃんが産んだわけじゃない。養子に引き取ったわけでもない。世間は君に完《かん》璧《ぺき》な保護者を求めるかも知れないけど、にわか保護者にはどだい無理な話だ。それに、彼方ちゃんは母親になりたいわけでもないだろうし、まずは一緒に暮らす存在を目指せばいいんじゃないかな」

「気負うなってこと？」

結人くんは優しく笑った。

家に誰かがいるという生活自体に不慣れなのだから、それぐらいの考え方でいた方がいいのかもしれない。

結人くんを玄関まで見送ってから、自分の部屋で探し物をした。部屋を出ると、ちょうど二人がさっぱりとした顔で出てきたところだった。

「かなちゃん！　かなちゃんのシャンプー、いい匂いだったよ！」

咲希ちゃんは跳ねるように身体を揺らしている。かわいい姿に、思わず口元が緩む。

「すみません。置いてあったものを使わせてもらいました」

幸希くんは律儀に頭を下げた。彼には少し甘すぎる香りだっただろう。

「水だったら冷蔵庫にたくさんあるから、勝手に飲んでね。二人の荷物は近々持ってくるようにするとして、それまでに足りないものだったり、新しくしたいものがあったらここから使って」

自分の部屋で見つけた予備の財布に、当面必要になりそうな生活費を入れておいた。無駄遣いしそうにないので、預けてしまっても心配はいらないだろう。

幸希くんは遠慮するように逡巡《しゅんじゅん》するが、押しつけるように渡した。

「明日《あした》は十時頃に出るからね。眠れそうになくても、横になって目を閉じて。私もう部屋に戻るけど、何かあったら遠慮なく呼んでいいから」

幸希くんは迷うように口を開けたが、

「ありがとうございます」

素直に頭を下げた。

咲希ちゃんはそれまでの不安から解き放たれた反動か、お泊まりだと連呼して、はしゃいでいる。走り回ろうとしているのを、幸希くんが必死に止め、腕を引いて部屋へと入っていった。やはり、咲希ちゃんはここで暮らすという意味はわかっていないようだ。すべてを理解したときに、少しでも拠《よ》り所が増えているようにと願いを込めて、「おやすみ」と声を掛けた。

＊＊＊＊＊

そんな穏やかな夜が嘘だったかのような朝を迎えたが、咲希ちゃんにはなんとか外で朝ごはんを食べることを納得してもらえた。葬儀場へ向かう用意をして、パンを食べたいという咲希ちゃんの要望に、近所の喫茶店を目指す。

家を出てしばらくしてから、

「おはなでたー」

と咲希ちゃんがかわいらしく言った。顔を見ると、鼻の下がきらりと光っている。慌ててポケットを探っていると、幸希くんがいち早く拭《ふ》いてくれた。ほっとしつつ、ティッシュは必需品と頭の中に刻みつける。

経験のない対処を求められ続けることに、すでにぐったりしている。表情に出ていたのだろう、幸希くんが申し訳なさそうに言った。

「すみません。あそこまでひどい癇癪《かんしゃく》は、最近なかったんですけど」

彼のせいではない。きっとこういうものなのだ。それに、これだけさまざまな変化が続けば、精神的に不安定になっていてもおかしくはない。

それでも、朝からぐったりとはした。『あそこまでひどい癇癪』がなかったとしても、もう少し手ぬるいものは日常茶飯事ということだろう。自分の決意が揺らぎそうになるのを押しとどめ、苦笑を浮かべた。

準常連のようになっている喫茶店は、実家から駅までの間にあり、出勤前に何か作業をしたいときなどに通っていた。由貴緒のマンションからは駅の反対になるが、そう遠くはない。咲希ちゃんはつないだ兄の手を大きく揺らし、楽しそうに歩いている。

カラフルな屋根の間から、とりわけ目立つオレンジ色の瓦《かわら》を葺《ふ》いた店が顔を出した。ガラスのショーケースにはサンプルなどはなく、コーヒー豆の入った瓶が並べられている。

木製の扉を開けると、ギィと甲高く鳴った。壁は喫煙文化の名残で煤《すす》けているが、清潔さは保たれている。

数年前にオーナーが替わったものの、こどもの頃に来た時から、内装もメニューも引き継がれている。若いマスターは客の事情を詮索《せんさく》することはないが、素っ気ないわけでもない。いろいろ聞かれたくない今の状況には、居心地がいい。

こういう店に来たのは初めてなのか、咲希ちゃんだけではなく幸希くんも物珍しげに店内を見回している。二人と奥の四人掛けに座り、メニューを手に取る。コーヒーの美味《おい》しい店ではあるが、ジュースの品揃えも多い。咲希ちゃんでも飲めるものはあるだろう。

メニューを渡そうとして、手を止めた。

「アレルギーってある？」

ちらっと咲希ちゃんを見たことに、幸希くんは気付いてくれたようだ。

「二人とも特にありません」

「じゃあなんでも好きなものを頼んで。トーストもサンドイッチもあるみたいだし」

咲希ちゃんは渡された紙をニコニコと眺めているが、注文を決める気配がない。

「食べたいもの、ない？」

パンだと聞いてここへ来たのに、まさか外れだったかとヒヤヒヤするが、咲希ちゃんは無邪気に返した。

「ジュース飲んでもいいの？」

「うん。何のジュースがいい？」

「うーんとね。りんごのはある？」

リンゴジュースは載っていない。メニューに目を落としながらも、プラプラと足を揺らしている咲希ちゃんを見て、ふと気が付いた。

「もしかして、何が書いてあるのかわからない？」

「さきちゃんねー、ひらがなは読めるんだよ」

この喫茶店のメニューは、写真が一切なく、ほとんどが漢字とカタカナだ。文字が読めなければ、何があるのかわからない。

「ごめんね。じゃあ何があるか読んでいくね」

本当に一つずつ躓《つまず》いているな。育児書とか読んだほうがいいのかな……そっか、教育のことも考えなくちゃいけないんだ。

「さきちゃん、ピザとオレンジジュース！」

「わかった。幸希くん、モーニングは付ける？」

飲み物を頼むと、バタートーストかピザトーストから選ぶことができるようだ。

「えっと……、じゃあバタートーストで」

手を挙げると、さっとマスターがやってきた。

「Aセットのカフェオレと、Bセットのオレンジジュース、あとはモーニングなしでカフェオレをお願いします」

幸希くんはバッと顔を上げ、見つめてきた。え、何か変な注文だった？

「……間違えてた？」

「いえ、何でもありません」

料理が届くと、咲希ちゃんは「食べていい？」と幸希くんを見上げ、彼は紙のナプキンを首元に差し入れてやる。

なるほど。マスターの気遣いでピザトーストは小さくカットされていたが、それでも咲希ちゃんの口の横から具が零《こぼ》れ落ちている。

咲希ちゃんの満足そうな笑顔に、ようやくほっと落ち着き、私は手帳を開く。これからすべきことや、必要なものを思いつく端から書いていく。

従姉《いとこ》の家の整理と荷物の選別、二人の環境作り、引っ越しの検討、足りないものを買いに行って……高校は通える範囲だろうが、幼稚園にそのまま通わせるのは難しいかもしれない。最近は保活という言葉も聞くけれど、保育園にはすんなりと入れるものなのだろうか。家具や小物もすぐに必要なもの、後でもいいもので分けながら、由貴緒の部屋づくりも進めなければ——頭が混乱してきた。

「かなちゃん、だいじょうぶ？」

口の周りをパンくずだらけにしている咲希ちゃんが、首を傾げている。

「大丈夫だよ」

とりあえず一つずつやっていくしかない。まずは二人を引き取るために、今日を乗り越えることを考えよう。

手帳を閉じると、幸希くんがおずおずと口を開いた。

「あの、帰りに買い物をしてもいいですか？」

「あ、着替えもほしいよね。必要なものを見て帰ろうか」

「いえ、そうじゃなくて」

えーと、と彼は口ごもる。

「バナナとかヨーグルトとか、咲希がすぐに食べられるものがあると、その、今朝みたいなときに」

……なるほど。霧散した新生活に向けて大きめの冷蔵庫を買いはしたが、私はほとんど使っていない。宝の持ち腐れになっていた。活用してもらえるのはありがたい。

「飲み物とか普段のお惣菜《そうざい》でもお弁当でも、好きなように使って。私は飲み物ぐらいしか入れないし！」

幸希くんは少し考えるような顔をしながら、こくりと首肯《うなず》いた。

「そろそろいい時間になってきたね」

さて、と立ち上がろうとした時に、幸希くんの皿の上の料理がほとんど手つかずで残されていることに気が付いた。

「……口に合わなかった？」

トーストをかじった跡はある。一度は食べようとしたのだろう。

「あ、いえ、そういうわけじゃないんですけど、朝はあんまり食べられなくて」

「そっか、無理に勧めてごめんね。私も朝はごはん食べられないんだ」

満腹になった咲希ちゃんはごちそうさまでした、と手を合わせた。幸希くんは立ち上がるとすぐに彼女の手を引いて歩き出す。

駅に向けて歩き始めた二人は、お互いを頼りにするようにしっかりと手を握り合っている。その後ろ姿に安堵《あんど》と羨望《せんぼう》を抱きながら、ただ見守ることにした。

葬儀場に着き、スマホで時差を確認してから電話を掛ける。仕事は終わり、まだ眠りにもついていない頃だろう。少し長めのコール音の後、電話は繋《つな》がった。

『今、忙しい時間なんじゃないの？』

結人くんから連絡があったんだろう。

「葬儀場に着いたところ。少し時間があるから家のことを話しておきたくて……」

『律儀に連絡なんかしなくていいよ。さっそく新しい男見つけたのかと思ったら、まさかそんな年下だとは思わなかったけど』

「もう。仕事はどう？　生活は落ち着いた？」

『まあ、そこそこね。事情はなんとなく聞いたけど、どうしてそんなことになってるのさ。こどもなんて、もっとも避けていた存在じゃん』

「……しっかりしてるから大丈夫って言われてたんだよ」

誰が、とは言わなくても、由貴緒はわかってくれたようだ。

『なるほどね。それなら、いいんじゃない？　今の彼方にとっても、誰かがいることはいいことなのかもね』

「一人の生活に慣れすぎてて、すでに足りないものだらけだけど、お兄ちゃんが妹のお世話に慣れてそうだから、私も見習っていくよ」

『引っ越しとかインテリアなんて考えなくていいから、彼方はちゃんと二人を見てあげなさいよ』

「あ、うん。なるべく部屋の中で暴れないようにしてもらうし、部屋も入れちゃった家具も傷がつかないように気をつけます」

『そういうことじゃなくて……』

大きなため息が聞こえた。

『一緒にしっかりと暮らすってことだよ！　いい？　わかった？』

念を押さずとも、一人で生活をしてきたことは由貴緒も知っているはずなのに。彼女は何の心配をしているのだろう。

「う、うん。そうだね」

沈黙によって、疑われていることはわかる。長年の付き合いだ。率直に考えを言い合うことは日常茶飯事で、変な遠慮はない。だけど、由貴緒は時々意味を摑《つか》めないことを言い出す。後々になって意味がわかることが多いため、無理に理解しようとしても無駄だ。

由貴緒は小さくため息をつくと、『また連絡する』とだけ残し、あっさりと電話を切った。

逆様に、葬儀は滞りなく進んだ。火葬が始まると、見知らぬおばあさんに呼び止められた。咲希ちゃんが「ばあば」と、表情を明るくする。従姉の夫の母親だろう。

「ちょっといいかしら……」

申し訳なさそうに連れて行かれたのは、近くのファミレスだった。男性が二人、ソファー席に並んで座っている。

「幸希と咲希の、祖父と伯父《おじ》に当たります」

祖父は頭を下げたが、伯父の方はふんぞり返っている。

「……ったく、宗二《そうじ》のやつ、面倒を残して死にやがって……」

小さな呟《つぶや》きが耳に届く。横を見ると、幸希くんが視線を床に落としていた。

「やめんか、宗一郎《そういちろう》」

ピリピリした空気を読み取ったのか、咲希ちゃんが幸希くんの足にしがみつくように隠れた。それを見て、私は敢《あ》えて進んで席へ着いた。祖母に促され、幸希くんと咲希ちゃんも私の隣へ腰を下ろすと、祖父が口を開いた。

「あんた、彼方さんと言ったか。菜穂ちゃんの従妹《いとこ》だそうで。それで、その、二人を引き取りたいとのことだが……」

「私たちのところに連れて帰るのが筋だとはわかっているんだけどねぇ。なんせ山奥で、数回遊びに来ただけの場所に二人を縛り付けるのもどうかと悩んでしまってね。不安にさせてごめんねぇ」

祖母はそのまま、ハンカチで涙を拭《ぬぐ》い始める。急に息子夫婦を亡くしたのだ。彼女だって悲しみの淵に沈んでいるのだろう。

しんみりとした空気を、伯父が不機嫌そうな鼻息で吹き飛ばした。

「それで、あんたみたいな独身の若い女がこどもを引き取ろうなんて、何が目的なんだ。遺産か？　保険金か？　それとも若い男を侍《はべ》らせようとでもいうのか？」

これは、嫌みなのか、それとも本心か。

仕事でも、女だからと馬鹿にして、出てもいないような釘《くぎ》を叩《たた》いて折り曲げようとする人はいた。天敵に向かうようにぶつかっていたこともある。けれど、彼らには真正面からぶつかるだけ無駄だった。真実だろうが、聞きたい答えしか受け入れない偏見の塊には、彼らの意見を汲《く》み取ったように思わせるのが得策だ。

「たまたま私が住んでいるのが同じ県内なので、うちからなら高校に通うこともできますし、二人一緒に暮らしてもらうことができます。菜穂ちゃんの家を残すなら、様子を見に行くことも簡単です。他の方々は難しいなら、一番条件に適している私が引き取ればいいだろうと思いました。浅はかな考えで、差し出がましいことを申し上げました」

頭を下げると、伯父は咳払《せきばら》いをして飲み物を口にした。そのまま指でコップをカッンと弾《はじ》いている。

「そうは言うが、あんた、婚約を破棄されたそうじゃないか。寿退社するって言ってたそうだが、仕事はどうなんだ？」

えっ？　と、小さな声とともに、幸希くんが勢いよく私に目を向けた。

「それに家も売っちまったんだろう？　これからどんな暮らしをするのかわからないやつが、よく知りもしないこどもを二人も育てることなんてできるのか」

「宗一郎、失礼だろう」

「そうよ。彼方さんはこどもたちのことを思って……」

「理想と現実は違うだろう！　そう簡単なことじゃない！」

伯父はコップをテーブルに置くと、「トイレ」と立ち上がってしまった。

「ごめんなさいね。あの子は、昔から偏屈で」

「いえ……」

もしかして彼は、迷惑ではなく心配しているのだろうか。出てくる言葉は、どれもこれも「こどもたちを預ける不安」だ。少々八つ当たりも感じるが……。

「仕事をしていないというのは時間があってありがたいことだけれど……その、経済的にねえ……私たちも年金生活だし」

幸希くんは大学進学を目前とし、咲希ちゃんはまだまだこれからお金のかかる年齢だ。収入がないということに、先立つものの心配をするのは当然のことだ。

「以前の仕事は辞めてしまいましたが、再就職はするつもりです」

「次はもう見つかっているの？」

「いえ、それはまだ……ですが、実家を売却した資金と、恥ずかしながら婚約破棄の慰謝料があるので、当面の生活には困りません」

祖母は曖昧《あいまい》に頷《うなず》いているが、値踏みされているのがわかる。今の言葉だって、「理想」だ。先行きも不透明な言葉に、安易に乗っかれるわけがない。

自然と目がテーブルの上を彷徨《さまよ》う。どの手も不安そうに何かをいじっている。いや、小さな手だけは、泰然とプラスチックのコップを握っていた。それに勇気づけられる。

咲希ちゃんが水をすする「ジュッジュッ……」という音だけが響く場に、伯父が戻ってきた。

「半年……いえ、三ヶ月ください」

言い切って顔を上げた。伯父は立ったまま、不機嫌そうに見下ろしている。

「三ヶ月で仕事を決めます」

こどもたちの環境を整えながら仕事を見つけるには、短すぎる期間だろう。だけど、これぐらいの覚悟がなければ、信用されない。それに、仕事から遠のく時間が長くなるほど、再就職が厳しくなるのも現実だ。

「当然だ。ふらふらしているようなやつに、こどもたちを任せられないからな」

伯父はそのまま伝票を持ってレジへ行ってしまった。祖父母と連絡先を交換し、従姉《いとこ》夫婦の死後の相談をしている弁護士のことを教えてもらう。

「お骨拾いは、咲希ちゃんには怖いかもしれないからね……来なくてもいいよ」

言われた咲希ちゃんは意味がわからなかったようで、兄の顔を見つめている。

私は父の骨上げを行ったが、しばらくは夜中に度々目を覚ましては、母の布団に潜り込んでいた。雰囲気はもちろん、箸《はし》から伝わるガサッとした感触が心底恐ろしかったのだ。もっと幼い咲希ちゃんにはどのような影響を与えてしまうかわからない。

ゆっくりしなさいと、祖父母も店を出て行くと、一心にコップに口を付けていた咲希ちゃんが、ふと顔を上げた。眉間《みけん》にしわを寄せ、困ったような顔をしている。コップの中身も全く減っていなかった。自分にも関係のある話だと、わかっているのかもしれない。しかし、ひたすら重い空気に戸惑っているようだ。

大人であれば、ごはんを食べたりお茶をしたり、気持ちを切り替える方法に誘い、とにかく話を聞いてあげることができる。

でも、こどもは、どう慰めたらいい？

「……アイスでも食べる？」

パッと表情を輝かせた咲希ちゃんだが、一瞬で風船のようにしぼみ、力なく首を振った。

「ごはんの前に、おやつを食べちゃいけないんだよ」

「そっか。ママに教わったの？」

「うん！　ごはんをしっかり食べないと、ぐんぐん大きくなれないの」

従姉の教育が身に付いていて、頼もしい限りだ。だけど、今は欲に飛びついてほしかった。ますますどうしたらいいのかわからない。

「かなちゃん、もう帰るの？」

「まだあるんだけど……幸希くんはどうする？　行くなら、私は咲希ちゃんとここで待ってるよ」

幸希くんは手元にあった紙ナプキンを見つめている。ゆっくりとそれを広げたかと思うと、丁寧に折っていく。

テーブルの上で立体的な鳥が羽ばたくと、幸希くんは「行ってきます」と立ち上がり、咲希ちゃんの頭を撫《な》でてから店を出ていった。

「お兄ちゃん、どこに行ったの？」

少しだけ不安が過《よぎ》った顔で、幸希くんの背中に目をやった。私はドリンクバーを注文するためにコールボタンを押した。

「見送りに行ったんだよ。すぐに戻ってくるから大丈夫」

ふうんと呟いた咲希ちゃんは、さっそく紙の鳥を手に取って、「ちゅんちゅん、ぼく、とりちゃんだよ。こんにちは」と遊びだした。しかし、この遊びもそう長くは続かないだろう。おもちゃも絵本もない。だけど、外で飽きた咲希ちゃんを、少しでも楽しませることができたらと、バッグに忍ばせてきたものを出した。

「あ、お兄ちゃんおかえり！」

幸希くんが戻ってきたとき、咲希ちゃんは一瞬顔を上げたが、すぐに私の手元に目を戻した。

「ねぇ、かなちゃん。次は白いにゃんにゃんにしてー」

「白だと生地と同じだからわかりにくいよ？」

「いいの。かくれんぼしてるんだよ」

「なるほどね。じゃあ、箱の中に隠れてることにしようか」

「あ、それそれ、いいね」

なかなか座らない幸希くんを見上げると、彼は訝《いぶか》しげな顔をしていた。彼に見えるように持っていたものを上げた。うさぎにひよこ、犬、バレリーナ……咲希ちゃんは思った以上に刺繍《ししゅう》に食いつき、次々にリクエストをしてくれた。おかげで時間を大いにつぶすことができたのだ。

「……ずいぶん仲良くなったな」

「だってね、かなちゃんすごいんだよ。針と糸で動物の絵を描いちゃうの」

「独学だから、適当なんだけどね。はい、どうぞ」

枠から外した生地を咲希ちゃんに渡し、幸希くんにはメニューを差し出す。

「ちょうどいいから、お昼もここで食べていっちゃおう」

「ごはん食べたら、パヘーも食べていい？」

頭の中で少し考えて、返事をする。

「パフェね、いいよ。こども用のメニューはこっちかな」

幸希くんは無言でメニューを開き、興味なさそうにページをめくる。はっきりと表に出しているわけではないが、なんだか不機嫌そうだ。親戚《しんせき》たちが、また何か嫌がらせをしたのだろうか。

やはり一人で行かせるんじゃなかった。でも、咲希ちゃんを一人で残していくわけにもいかなかった。

「さきちゃんね、このハンバーグのやつ。お・こ・さ・ま、なんて読むの？」

「おこさまランチ、だよ。じゃあ、私はスパゲッティーのセットにしようかな」

呼び出した店員に咲希ちゃんの分まで注文を告げると、

「日替わりランチ、でお願いします」

と、幸希くんは告げ、メニューを閉じた。

「え、それだけ？」

彼はむすっとしたままメニューを戻した。

え、何か怒ってる？　咲希ちゃんと仲良くしすぎた？

「追加のドリンクバーはいかがされますか？」

「水で――」

幸希くんが断ろうとするのを、慌てて遮る。

「付けてください！」

「あちらからご自由にお取りください」

店員がにこやかに去ると、私が口を開く前に、幸希くんは席を立ってしまった。

戻ってきてからも彼は口数少なに、食事に集中しているように見せていて、話しかけることもためらわれた。

日替わりランチは一番シンプルなメニューで、量も多くはない。食べ盛りの男子高校生なら、二つや三つをペロリと食べてしまうぐらいわけはないと思ってしまうのは、偏見だろうか。

それでも彼は半分ほどを残した。トイレに行っている間に、私は咲希ちゃんに尋ねる。

「お兄ちゃんは、いつも食べる量が少ないの？」

彼女はううんと首を振る。

「いっぱい食べてるよ。さきちゃんよりも、こーんないっぱい。山盛りのごはんも何回もおかわりしちゃうの」

両腕をいっぱいに広げて教えてくれた。

朝も食べていなかったし、小食でもないということは、食欲が出ないのかもしれない。両親が突然亡くなって、幼い妹と二人で遺《のこ》され、悪意ばかりの親戚に囲まれて、引き取るのは初対面の頼りない存在……これで心労がないはずがない。

調子が悪いのか、一時的なものなのか。

不安をなくしてあげることはできない。少しずつ色を薄めるように、悲しみを埋めていけたらいいんだけど。

「今は、夏休みだよね？」

「はい。一昨日《おととい》から」

「さきちゃんの幼稚園も夏休みなんだよ。早くみんなと遊びたいなあ」

「幸希くんは宿題大変だね」

「今月中には終わらせる予定です」

「……すごい優等生だね」

そこから会話が続かない。いくら話を振っても、一言で打ち切られてしまい、次第に打つ球がなくなっていく。取り付く島もなく、未《ま》だ慣れない家路に就いた。

身体中からだらだらと汗が滴っているのに、パチンと、電気を点《つ》ける音が寒々しく響く。

「えぇ、っと……簡単な生活のルールでも決めておこうか」

「いいです」

幸希くんは満面の笑みで、きっぱりと言った。

いいですって、どういうこと？　話を続けていいってことかな？

「じゃあ、なんか飲み物でも買ってこようか。水しかないし」

「そういうのも大丈夫なので、お気になさらず」

「そんなわけに……」

幸希くんは勝手に話を切り上げ、目を擦《こす》っている咲希ちゃんの手を引いて部屋へ向かい、ドアを開けて振り返った。

「住まわせてもらっていることには感謝していますが、それ以上の負担をかけるつもりはありません。自分たちの生活や咲希のことは、オレがするので、面倒は見なくて結構です。来年成人にもなりますし、高校を卒業したら出て行きます。それまでは、なるべくご迷惑はかけません」

はきはきと言い切って、にっこりとわざとらしい笑みを浮かべている。今までで一番しっかりと頭を下げ、部屋の中へ消えた。

咲希ちゃんを盾に使われたら、引き留めることもできない。そりゃあ、何を言い返せばいいのかわからなかったけれど。

にこやかにしていても、幸希くんはドアを閉めるように、私の差し伸べた手を拒絶し始めた。昨日にはなかった反応だ。急に現実が具体的になったことで、腰が引けたのかも知れない。

私もそうだった。母が亡くなったとき、下手に慰められたり、急に世話を焼かれたりすることが嫌だった。なんでこうなる前に母を助けようとしてくれなかったのかと恨んだ。優しい言葉も、すべて疑うようになった。何もかもが怖かった。だからこそ、伯母《おば》や従姉《いとこ》と疎遠になってしまったのだ。

夏休みで家にいることも多い間に、幸希くんも下手に警戒などせずに日常を送れるようになってくれるといいんだけど……。

見るともなしに、兄妹《きょうだい》の部屋に目をやる。ソファー前のローテーブルに、昨日渡した財布が置きっぱなしだ。

迷惑はかけないといわれても、生活をするためにはお金がかかる。ましてや、一人でおざなりな毎日を過ごしてきた。足りていないものは山ほどあるだろう。

そのお金がどこから出てくるにしても、衣食や学業に支障が生じるのは、預かる身として問題だ。どんなに拒絶されても、私は彼らの生活が滞りなく進むように、整える義務がある。

冷たい水で喉《のど》を潤す。そうだ、水以外の飲み物も用意しておいた方がいいのかな。その前にコップか。

キッチン台には、コップが二つと小皿が二枚、ワンプレートディッシュが一枚。スプーンとフォーク、箸《はし》が一揃い。元婚約者でさえ、いつも愚痴をこぼすほどの数の食具しかない。必要なものは何だろう。使い勝手や好みなんかもあるから、自分たちで選んできてもらった方がいいのか。それとも、財布が手つかずだったのだから、私が買ってきてしまった方が、遠慮せずに済むのかもしれない。

他に足りないものを見渡そうとして、椅子に躓《つまず》き、そのまま座り込んだ。

「どうしたらいいんだろう」

呟くと、不安が湧き上がりそうになった。

ぎゅっぎゅっと蓋《ふた》をして、底に沈め、「よし」と勢いを付けて部屋から文具を持ってくる。コピー用紙に部屋の中の簡単な間取りと何があるのかという案内図を描き、部屋のあちこちに付箋《ふせん》を付けていく。洗剤、生活用品のストックなど、知らないと困るだろうことはたくさんある。話をする気がないのであっても、メモであったら見てくれるかもしれない。

「よし、ひとまずはこれで」

見られたくないものや使われたくないものは、自室に置いてある。洗剤などは、咲希ちゃんの手の届かない棚に入れておいた。

幸希くんは卒業したら出ていくと言っていた。彼らの実家がこのまま遺されるのなら、それも可能だ。だが、未就学の妹と二人で暮らしていくのは、生半可な苦労ではないだろう。

未来のことなんてわからない。だから、今からやきもきしても仕方がない。私がするべきことは、彼らが落ち着いて不自由なく暮らせる環境を用意すること、頼れる先を作ってやることだ。それが必ずしも私である必要はない。

無理に踏み込まれる厭《いと》わしさは知っている。だからこそ、彼らが自分で道を見つけていくための手助けをするだけでいい。

「ぁふ……」

噛《か》み殺しきれなかった欠伸《あくび》をしながら、自室のドアを開けた。

アラームを掛けずに寝たせいで、いつもよりもゆっくりと起きた。着替えてリビングへ出ると、咲希ちゃんが床に座り込んでテレビを見ていた。派手な衣装を着た男女が、やけに明るい歌を歌って踊っている。集中しているようで、私のことは気付いていないようだ。一曲終わったところで、声をかけると、

「おはようー」

カフェオレを飲んでいる私の横へと座った。

「幸希くんは？」

「おにいちゃんはお仕事があるから、テレビ見ててって」

なるほど。洗面所の方から洗濯機の回る音がしている。テーブルの上にあった財布の下に、レシートが置いてある。本当にしっかりとしている。

「かなちゃんは朝ごはん食べる？」

「ううん。朝ごはんはいつも食べてないんだ。私もいろいろなお仕事があるから、準備したら出かけようと思うんだけど……」

「えー、さきちゃんもどこか行きたいなあ」

「ごめんね。あちこち行くから、お留守番しててほしいなあ。咲希ちゃんのおうちにも行くから、今すぐに必要なものがあったら持ってくるよ。何かある？」

咲希ちゃんは腕を組んで、うーんと首を傾げた。

「お友だちのうさぎさんが、おうちで一人なの。寂しいって泣いてないかなあ」

「うさぎさん……は、ぬいぐるみかな？　どんな大きさで、何色？」

「これぐらいの大きさで、ふわふわしてるピンクのうさちゃんなの。耳にいちごがついてるんだよ」

咲希ちゃんが示したのは、二十センチほどの大きさだ。バッグに入れてこられるだろう。

「じゃあ、お兄ちゃんが戻ってくるまで、テレビを見ていてくれる？」

「うん、いいよー」

咲希ちゃんはテレビに視線を戻した。

洗面所へ行くと、幸希くんは洗濯機の中から服を取りだしているところだった。とはいっても、昨日彼らが着ていたワイシャツと下着ぐらいなものだろう。

「ベランダに干してもいいし、浴室に乾燥機も付いてるから。消臭剤使うならここにあるし、アイロンは――」

「メモと付箋を見たので大丈夫です。お手数おかけしました」

幸希くんは昨日の朝よりも他人行儀に頭を下げた。

これも慇懃《いんぎん》無礼というのか。必要以上の馴《な》れ合いをする必要はないけれど、せめて共同生活を送る者として、摩擦はなくしたいなあ。

「今日はおうちから必要そうな書類とかを探してこようと思うんだけど……勝手に見させてもらいます。あ、もちろん不必要に個人の部屋に入ったり、家捜しみたいなことはしないから」

そんな目を向けられたら、まるで私が悪さを働こうとしているようじゃないか。

しかし、幸希くんは律儀に頭を下げた。

「よろしくお願いします」

「二人にも荷物を取りに行ってもらおうと思うけど、それはまた後日にするから、今すぐに必要なものがあったら持ってくるよ」

「今度で大丈夫です」

「そう。じゃあ行ってくるけど、何かあったら連絡……あ、連絡先の交換をしてなかったね」

幸希くんは少し考えるような顔をして、不承不承という態度でポケットからスマホを取り出した。アカウントが繋《つな》がると、彼は「よろしくお願いします」と丁寧で他人行儀なメッセージを送ってくる。「よろしく」というねこのスタンプを返しつつ、幸希くんのアイコンが目に留まる。床に落ちたバスケットボールの写真だ。

バスケ部なのかな。運動部だと、夏休み中の部活も活動的なイメージがある。さすがに今は行く気分にもならないかもしれないけれど。

「他にも回るところあるし、帰りは遅くなるかもしれないから、先に寝てていいからね。買い物には、あのお財布遠慮せずに使って」

「……はい。ご迷惑をおかけします」

最初から、幸希くんは寡黙だった。普段から言葉は少ないタイプなのかもしれないが、今は大人に対しての不信感が垣間見《かいまみ》え、見極めようと窺《うかが》っているのがわかる。

ハローワークに登録に行き、遅いお昼を食べた後、川越《かわごえ》へ向かった。従姉の家へ向から前に、市役所で咲希ちゃんの幼稚園のことを相談してみたが、やはり今までの幼稚園に通うのは難しそうだ。

登園バスのルートから外れるため、送迎は全て自分で行う必要があるし、車もなく、これからの仕事がどうなるかわからない私には、延長保育を使っても難しい。四月に入園し、夏休みに入ったところだから、新しい園に通っても、友だちが作りやすいのではと勧められた。また後日、さいたま市の役所へ相談に行く必要がありそうだ。

夕方になって、ようやく従姉《いとこ》の家へたどり着いた。

窓を開けて、空気を入れ換える。レースのカーテンがはためき、窓際にあったおもちゃを優しく撫《な》でる。陽射しに照らされる部屋は、ものが多いのにすっきりとして見える。ここから五分ほどの場所にあった従姉の実家は、既にない。しかし、伯母《おば》の元に身を寄せたときのことが色濃く蘇《よみがえ》るほど、雰囲気が似ている。

軽い掃除をして、弁護士に言われていた書類を探し、咲希ちゃんのぬいぐるみを見つけてバッグへと収めた。

戸締まりを確認し、従姉の家を出たのは、間もなく終電という時刻だった。残業帰りの会社員と同じような顔が、車窓に映っている。

ぼんやりとした自分の目を見ながら、あの時の幸希くんを思い出した。

私、何かしたかなあ。

彼がくっきりと線を引いたのは、昨日帰ってきてから。

いや、違うな。骨上げから戻ってきたとき……向かうときもなんだか考えているようだった。

あぁ、そうか。

家もなく、仕事もなく、婚約破棄をした独身の女に預けられたのだと思ったら、警戒するのは当然のことだろう。破棄をされた側だと勘違いされていたとしたら、なおさらだ。こどもたちの前であんなことを言い出したあの伯父《おじ》を恨みたくなる。

それでも幸希くんの記憶から消すことなんてできないし、取り繕うと却《かえ》って怪しく見えるだろう。警戒しながらの生活だなんて、お互い疲れるだけだ。馴れ合うまでいかずとも、ギスギスした生活は私だって遠慮したい。普段の行いに自信があるわけではないけれど、もう少し心を開いてくれないだろうか。

そっと玄関を開けると、廊下以外の灯《あか》りが消えていた。少し前は誰かに出迎えられることに憧《あこが》れていたのに、慣れた静寂にほっとしてしまった。

そっと電気を点《つ》ける。

キッチンの足下に、近所のお弁当屋さんである『ふくふく亭』の袋が置かれていた。ゴミがまとめられているようだ。ふくふく亭は温かい手作りのお弁当が評判の個人経営の弁当・惣菜店で、いつも賑《にぎ》わっている。小さい頃に食べたハンバーグは、とても美味《おい》しかった記憶がある。

ゴミ箱の中に袋を捨てながら、ほんの少しだけ何かが引っかかった。けれど、それが何かはわからない。袋の中に空き容器や割《わ》り箸《ばし》、ジュースの紙パックが入っている。

買ってきた飲み物を入れようと冷蔵庫を開けると、見覚えのないヨーグルトや牛乳が入っていた。調理台の上には食パンやごはんのパック、コーンフレークが山となっている。

そういえば、葬儀の後は買いものをせずに帰ってきてしまった。冷蔵庫の半分が埋まっているという光景に落ち着かない一方で、こどもたちが生活をしようとしている一面が見られたようで、ほっとする。

よく冷えたゼリー飲料を飲みながら、部屋を見回した。従姉の家とはまったく違う、殺風景な部屋だ。私には従姉のようなインテリアは真似することができない。仕事として作ることはできたとしても、住む人がいることによって完成するものだ。

「いい家だったなあ」

家も家具も、そこにあるものは隅々まで大切にされていた。きっとこどもたちも、温かく育てられていたのだろう。あの家を離れても、私はそのことを伝えていかなければならない。

できれば、こどもたちが自活できるようになるまで、あの家をそのまま残してあげたい。それを決める権利は、私にはないのだけれど。

「就職先を決めて、保育園を決めて、家に風を通して、落ち着いたら二人と片付けに行って……あとは何ができるんだろう」

私の力なんて、とても小さい。知識もないし、技術もない。それでも、自分の未来を諦《あきら》めることがないように、幸希くんと咲希ちゃんの支えになりたいとは思う。まずは自分が生活を安定させないと、彼らが頼りにすることもできないだろう。

「仕事……早く決めないと」

ゼリー飲料のパウチを小さくまとめ、二人の弁当の空き容器と一緒にキッチンのゴミ箱に入れた。目立たないように置いてあるから、気が付かなかったのかもしれない。

テーブルの隅に置き忘れていた案内図に描き足し、一日を終えた。

二人はのんびりと一日を家で過ごしているようだけど、私は市役所やハローワーク、採用面接、弁護士との面談、従姉の家のものの整理、自分の勉強など、するべきことが盛りだくさんで、一日が何時間あっても足りない。夜遅くに戻っては、アイロンをかけ、お風呂場《ふろば》を洗うので精一杯だ。この生活になって、初めて洗濯機の乾燥機能を使うようになった。

幸希くんは自分たちの洗濯や気が付いた場所の掃除をしてくれる。なるべくやらせないようにと思っていたけれど、自分の世話すらおざなりな今、とてもありがたい。毎日泥のように眠る日が続き、二人がリビングにいる時間に家に着くことができたのは、一週間ぶりのことだった。

パジャマ姿の咲希ちゃんは、テーブルで足をぶらぶらさせていた。テレビに向けていた目が、私の姿にパッと輝く。

「おかえり、かなちゃん。どこに行ってたの？　いまね、さきちゃんは寝る準備してたの。かなちゃんは、ごはんまだ食べてないの？」

首肯《うなず》きながら、スーパーの弁当を取り出す。残っているメニューは少なかったが、体力と気力を回復させるために焼き肉弁当を奮発した。

「かなちゃんは、明日《あした》はお休み？　あ、いいこと思いついた！　明日はさきちゃんと遊ぼう!!」

「咲希！　これ以上迷惑かけるな」

部屋から出てきた幸希くんが叱責《しっせき》すると、咲希ちゃんは小さな口をむっと突き出した。

「もうテレビも飽きちゃったよ。まいにちまいにち、同じことしかやってないんだもん」

まるで大人のような口を利く咲希ちゃんに思わず笑ってしまう。明日は午前中に咲希ちゃんの保育園の見学を予定しているが、その後の予定はない。一緒に行って、本人も雰囲気を確認するのはいいことかもしれない。

「用事が終わった後ならいいよ。どこに行きたい？」

「やったー！　すいぞくかんがいい！　くらげさん好きなんですよ～」

咲希ちゃんは椅子の上に立ち上がり、両手をふわふわと動かしている。くらげというより、タコに見えるが、それはそれでかわいい。

「水族館なんて、久しぶりだな。幸希くんの予定は？」

咲希ちゃんを椅子から下ろし、何もない空間へと追いやった幸希くんは、ばつの悪い顔をしている。借りを作るような気分なのだろう。これぐらいで貸しだなんて思わないのに。

「オレは明日バイトを」

「バイトしてたの？」

「やってないから、このあたりで募集してるところを探したくて」

自分たちの食い扶持《ぶち》は自分で稼いでやるという負けん気なのか。

「何もいま働かなくても……お金の心配ならいらないから。必要なものだって、断らずに買っていいんだからね」

悲しいことだが、こどもたちには従姉夫婦の保険金や事故の慰謝料、遺産に換わってしまった貯金など、諸々《もろもろ》のお金が入ってくることになる。

手続きをしてくれている弁護士の話では、二人が進路の決定に困らないぐらいの金額にはなるだろうとのことだ。生活費を私が請け負っていけば、将来を選ぶときに金銭がネックになる可能性は低そうだ。だからこそ、幸希くんは長い目で将来を見据え、勉強や部活に励んでいてほしい。

「社会勉強もしたいですし、咲希が保育園に入れるなら、時間もできますし」

「部活は？　バスケットしてたんじゃないの？」

幸希くんは疑わしげな目を向けてくる。私は慌ててアイコンのことを口にする。

「もう辞めました。元々なんとなくやってただけですから」

「でも、家事もしてくれるなら、勉強の時間がなくなっちゃうし。学生の本分――」

「授業を真面目に聞いて、復習と予習さえできれば、それほど時間かかりませんから」

優等生っぽいなとは思っていたが、事もなげに言われてしまうと、自分の学生時代を遠い目で思い出してしまう。

説得の言葉を失い、ため息を吐いて弁当の蓋《ふた》を開けた。

冷めていても肉は柔らかいが、むらのないソースの味だけが口の中に広がる。失敗も成功もない、いつもの味だ。ごはんとともに水で流し込むように夕飯を終えると、咲希ちゃんが待ちかまえていたかのようにテーブルへ走り寄ってきた。

「今日は、かなちゃんもいっしょに寝よぉ」

「へ？」

咲希ちゃんは私を自分たちの部屋へ連れて行こうと腕を引く。

「それは、ちょっと」

ただでさえ鬱陶《うっとう》しがられているのに、同じ部屋で寝るのは気まずい。

「なんでだめなの？　なんで？　さきちゃんはかなちゃんと寝たいんだからぁ」

咲希ちゃんは一歩も引きそうにない。このまま拒否をしていると、あの阿鼻叫喚《あびきょうかん》がまた訪れそうだ。

「じゃあ、私のベッドに来る？」

それなら幸希くんに迷惑をかけることもない。布団ではなくシングルベッドなので少々寝る場所は狭くなるけど、眠れなくはないだろう。

私の提案に、彼女は特大の笑みを浮かべて、大きく首肯《うなず》いた。

クーラーが効いてきた部屋に呼ぶと、咲希ちゃんは律儀に「おじゃまします」と頭を下げた。枕を手に、興味深そうに部屋中を見回した。

「どうぞ」

ベッドに座り、タオルケットを叩《たた》くと、咲希ちゃんは勢いよく潜り込み「ふふふ」と笑った。タオルケットをのぞき込むと、中へ引きずり込まれた。こどもの頃は、なぜか布団の中に籠《こ》もることが楽しかったことを思い出した。

「たのしぃねぇ」

幼い自分に言われたようで、ふふふと笑いを返す。

今のところ、咲希ちゃんが境遇に悲しむ様子はない。きっと幸希くんが上手《うま》くやってくれているのだろう。夏休みという、いつもと違う環境下だったことも理由の一つかもしれない。

「咲希ちゃん、今までの幼稚園には通えなくて、新しい保育園に行くことになるんだけど、大丈夫かな？」

親がいなくなると、生活にも環境にも大きな変化が訪れる。私にもよくよく覚えのあることだ。ただでさえ強いストレスを受けるから、なるべく変えたくはなかったけれど、これぱかりは仕方がない。

「なんでー？」

「前のところは遠くなっちゃうから、行けないんだ。ごめんね、お友達ともバイバイできなくて」

「いいよー」

「そうだよね、かなし……え、いいの？」

あっけらかんとした咲希ちゃんは、にこにこと天井を見つめている。

「うん。新しいほいくえん、どんなところかなー」

大して気にした様子もないことに、安堵《あんど》やら却《かえ》って不安になるやらだ。相談に行ったときにも気にしすぎなくていいと言われたけど、そんなものなのかな……。

咲希ちゃんはくるりとこちらに顔を向けた。

「ねぇねぇかなちゃん、ママとパパはお空にいるの？」

悲しみも期待もなく、ただの疑問といったような顔をしている。それでも、私はなんと答えたらいいのかがわからない。

父が亡くなったとき、私はもう様々なことを理解している年齢だった。だから寂しいということ以上に不安や恐怖が強くて、あの頃の記憶は混沌《こんとん》としている。

死というものを理解しているのかわからない咲希ちゃんに対して、本当のことを言った方がいいのか、ごまかした方がいいのか。答える大人にも難しい課題だ。

「飛行機に乗ったら会いに行ける？」

「……宇宙船かなあ」

「さきちゃん、ママにお話ししたいことがあるんだぁ」

「お話ってなあに？」

問うと、咲希ちゃんは少し悩むように唸《うな》り、口元に手を当てて「ひみつだよ」と囁《ささや》いた。

《あのね、さきちゃんはどうやったら早く大人になれるか聞きたいの》

アニメか何かで見たのだろうか。しかし、今度の彼女は、真剣な顔をしている。私も身体ごと咲希ちゃんの方を向いた。

「大人になりたいの？」

「うん。かなちゃん知ってる？」

年上のお姉さんが格好良く見えるということは、大人になってからもあることだけど、もっと切実な理由がありそうに聞こえた。

「大人になったら、さきちゃんもママになれるでしょ。だから、なりたいんだけど」

ママになれるというのは、結婚してこどもがほしいってこと？　何を指しているのかはわからないが、切実さは伝わる。これは、下手にごまかしてはいけないのだろう。「……好き嫌いしないでごはんを食べて、いっぱい寝たら、大きくなれるって聞くかな。咲希ちゃんはできそう？」

「さきちゃんね、やわらかいお肉と、お魚と、塩おにぎりと、ピーマンとにんじんも食べられるのよ。でも、お兄ちゃんはどんどん嫌いなものが増えてるみたいなの。お兄ちゃんは小さくなっちゃう？」

柔軟な発想に笑みが漏れつつ、気になる言葉を見つける。

「急に嫌いなものが増えたの？」

一緒に食事をしたのは葬儀の日ぐらいといってもいいけれど、ゴミ出しのときには食事の様子が垣間見《かいまみ》える。特に残飯が気になるといった記憶もない。

咲希ちゃんは、母親が叱りつけるように眉《まゆ》を寄せる。

「朝ごはんも夜ごはんも、おにぎりを二つしか食べないの」

「おにぎり、だけ？」

彼女はこくりと小さく頭を下げた。

「食べてるときもね、ずーっと歩き回ってるのよ。お喉《のど》詰まっちゃうからいけないのに。朝ごはんは元気になるために大切だよってママが言ってたのに、ママとパパがいないから、お約束守らないのかなぁ。困っちゃう」

「お約束って、どんな？」

「朝はみんなで一緒に食べるんだよ。夜はパパがいないときもあるけど、朝はみんなでいただきますってするの。とろとろのたまごに、ほくほくのお魚に、ピンクのごはんのおにぎり！　あっちっちなのを、ふーふーして食べたらおいしいよ」

「そっかぁ……」

嫌いなものが増えたのではなく、ゆっくりと食べる時間を減らしているということか。そこまで一人で背負いこもうとしなくていいのに。

苦しくなってタオルケットから這《は》い出ると、咲希ちゃんも顔を出し、ぷはっと息を吐いた。

「さきちゃんが食べられないものがあるから、お兄ちゃんも食べないのかな」

「何が食べられないの？」

咲希ちゃんは、もじもじとタオルケットの中で足を動かした。

「あのね……にんじんは好きなんだけど、時々嫌いになっちゃうんだ」

にんじんを前にして、悩むように眉を寄せる咲希ちゃんの姿が想像できる。言い回しの負けん気に、幸希くんと通じるものを感じて、思わず笑ってしまう。

「私も嫌いなものはあるよ。どうしても食べられないものは仕方ないから、頑張ったら食べられるものを食べられるようにしていこう」

俯《うつむ》きがちだった咲希ちゃんは、パッと顔を上げる。

「大人になったら、食べられなくても平気なの？」

「食べられるようになるものも増えるからね」

「……そうなんだ」

ほっとしたように笑う咲希ちゃんは、次第にとろんとした目を擦《こす》り始めた。スマホで確認すると、十時を過ぎている。いくら夏休みといえど、遅くなってしまった。

咲希ちゃんを見つめていると、数分ほどでスースーと寝息が聞こえ始めた。

うつ伏せになって、スマホで水族館の情報をチェックすると、そのままネットの情報に飛び込む。

早々に買っていたソファーとローテーブルは、客室に移してある。さすがにあれは引き取れる金額ではない。掃除だけ気をつけるようにして、使っていない部屋は後回しだ。

今リビングにあるのは四人掛けのダイニングセットだけだ。後々私が引き取るつもりではあるけれど、なるべく汚さない対策はしておきたい。ネット通販で好みの生地を見つけ、合わせた糸とともにカートに入れる。ちょうどいいサイズのテーブルクロスの中から好みを見つけるより、気に入った生地で作ってしまう方が効率がいい。

リビングに足りないもの、こどもたちの部屋にあったほうがいいのか検討をするものをリストアップしていると、ドンと太腿《ふともも》に強い衝撃を受けた。

見ると、咲希ちゃんがグリコのような姿勢になっている。どうやら片足を振り下ろされたようだ。彼女の足を戻し、再びリビングのインテリアについての案を練ろうとするが、今度は丸太のようにゴロゴロと転がってくる。ベッドから追い出されそうな勢いだ。必死に元の位置まで戻そうとするが、意外なほど強い力で抵抗してくる。

本当に寝てるんだよね、これ？

何度押しても壁際には戻らないため、諦《あきら》めて背中を向け、スマホを置いた。

「……あったかい」

この時期はとてもクーラーなしで眠れるものではないけれど、付けたまま寝ると部屋だけでなく、身体も冷えてしまう。夜中に起きては消し、再び起きて付け直すことを繰り返してしまうけど、今夜は朝まで眠れそうだ。

「うんん、それさきちゃんのー！」

声に驚いて首だけ振り返るが、咲希ちゃんは口を動かしながらも夢の中だ。ハッキリとした寝言に、心臓がまだ速く駆けている。ポンポンと胸を叩《たた》いてあげると、むにゃむにゃ言いながらも、幸せそうな顔になった。

こどもは苦手だった。自分がこどもらしく生きた時間が短かったから、記憶も少ない。どう接したらいいのか、どこまで触れたらいいのか、どこまでができて、どこからができないのか……わからずに戸惑ってしまう。それでも彼らが家にいるということの事態に、嫌気が差すということは今のところない。自分でも意外だ。こどもたちがあまりにもかわいそうで、幼い自分を見ている気がして勢い余って引き取ってしまったけれど、案外悪いものではないのかもしれない。

「あ、そうか……」

由貴緒が言ってたのは、こういうことだったのか。誰かを失った悲しみは、誰かといることで癒《い》えるのかもしれない。

このまま平穏に暮らしていけたらいいなあと、タオルケットに潜り込む。背中に衝撃を受けながら、小さく咳《せ》き込んだ。

水族館で、咲希ちゃんはずっとはしゃぎ回り、ケラケラと笑っていた。お土産屋さんの前を通りかかると、彼女は羨《うらや》ましそうに目をやっていた。

「一つ買ってあげようか？」

「いいの⁉」

パッと顔が輝く。こんな笑顔を向けられたら、いくらでも買ってあげたくなってしまう。首肯《うなず》くと、咲希ちゃんは早速ぬいぐるみの山の前でうんうんと悩み出した。

「これにする！」

同じ顔の中からピンクのイルカを選び出し、お会計をしてもらっている間も嬉《うれ》しそうに抱きしめていた。

「よかったね」

「うん！　かなちゃんありがとう！」

満面の笑みが、ふっと固まった。じっと何かを見つめた後、腕の中のイルカに目を落とす。視線の先を探ると、海の生き物の描かれたマグカップが置いてあった。彼女の目は雄弁だ。

ほしいなあ。でも、今イルカを買ってもらったばっかりだしなあ。そう語っている。

買ってあげるのは簡単だ。でも、欲しがるものをすぐに買ってあげるのは、教育的にはどうなんだろう。そもそも、マグカップは欲しいものに入るが、日常生活に必要なものでもある。揃えなければいけないと思っていたものをここで買うことには、何ら問題がないのでは。

頭の中で是非が戦っていると、咲希ちゃんがぽつりと呟《つぶや》いた。

「さきちゃんね、イルカさん買ってもらったし、でもおうちにコップないから、ほしいなあって思っちゃったの」

一瞬で、是が勝ち鬨《どき》を上げた。

「どれがほしいの？」

膝《ひざ》を折って、咲希ちゃんの横に視線を並べると、彼女は「これ！」と手に取った。

「……三つも買うの？」

必需品といえど、欲張りすぎだ。確かにどれもかわいいけど、と困っていると、

「だってね、お兄ちゃんとかなちゃんの分もないでしょ。みんなで使いたいの」

優しさが、心をツンと刺激する。うん。今すぐに必要だ。我《わ》が儘《まま》なんかでは決してない。

「よし！　みんなで使おう」

咲希ちゃんがそれぞれに選んでくれたマグカップを持って、再びレジへ向かう。ご機嫌で駅までの道を歩いていた彼女だが、電車に乗る頃には些細《ささい》なことで怒りを露《あら》わにするようになった。宥《なだ》め賺《すか》してようやく帰ってくると、ピンクのイルカを抱きしめたまま、ラグの上で寝てしまった。どうやら眠くて不機嫌になっていたようだ。

帰ってきた幸希くんが、咲希ちゃんを布団に寝かせてきてくれた。アルバイトの件について聞きたいが、相談する気も話題に上せる気もなさそうだ。

「午前中に保育園を見てきたんだけど、明るいところで、咲希ちゃんも気に入ったみたいだったよ」

「詳細が載っている書類を見せてもらえますか」

入園のしおりなどをまとめたケースを差し出すと、彼はすぐに目を通し始めた。

「三日後から通うことになったから、必要なものは明日《あした》、咲希ちゃんと買いに行ってくるよ」

「送り迎えはオレがします。書類は記入しておくので、サインだけお願いします」

「そんなの私がやる――」

「大丈夫です。まだ夏休みですし」

きっぱりと拒絶されてしまった。頭の中に浮かんだ言葉は、どれも薄っぺらい。

「……じゃあ、お願いします」

すぐに部屋へ向かう彼の背中を見つめる。

それぞれの暮らしに干渉しないという意気込みはありがたいが、同じ屋根の下に暮らすからには、協力しないといけないことだってある。引き取ることを決めた以上、私だって自分の生活を多少犠牲にすることを覚悟はした。

しかし、手を差し伸べても摑《つか》んでもらえないのであれば、どうしようもない。一緒に暮らしているからこそ、相手の気持ちも尊重しなければならないし、閉ざされた扉をこじ開けようとしたら、さらに守りが堅くなるだけだ。

保護者であり、同居人であるが、一緒に暮らしている日数と、彼らと知り合ってからの日数が同じなだけに、自ら扉を開いてくれることを待っていた。しかし、幸希くんの雪解けを待っていて、大丈夫なのかという不安が大きくなってきた。

就職活動もこどもたちとの生活も、何も進展がないことに焦っているだけなのだろうか。一度は人生を共にしようと思った相手にあんな裏切りをされたことで、自分の判断を信用しきれない。

雁字《がんじ》搦《がら》めで身動き出来ないときには、目の前のものから片付けていくしかない。山になった洗濯物を一つずつ畳むような気持ちで、私は転職サイトを開いた。

登園し始めた咲希ちゃんは、初めこそ疲れた様子で帰ってきていたが、数日もすると帰ってきた途端に何をして遊んだのかを説明してくれるようになった。あっという間に馴染《なじ》んでしまったことに驚きつつも安堵《あんど》していた。

何事もなく一週間が過ぎたが、従姉《いとこ》の家に着いてすぐに鳴りだした電話に、妙に身構えてしまう。体調を崩したときには、お迎えの連絡が来ると言っていた。しかしもうそろそろ幸希くんがお迎えに行っている時間だ。

珍しい幸希くんからの着信に、首を傾げる。

「……もしもし？」

窺《うかが》うように出ると、

『かなちゃん！　かなちゃん!!』

咲希ちゃんの大きな声が、鼓膜を震わせた。

また幸希くんのスマホで遊んでたのかな。しかし、いつもとは様子が違う。

「どうしたの？」

何やらまくしたてて、最初の朝のように言葉が聞き取れないが、慌てているのはわかる。咲希ちゃんの言いたいことを掴むには、頭を使う。伝えたいことを明確に伝えるだけの言葉と表現力が、大人より圧倒的に足りないのだ。

「落ち着いて、どうしたの？」

『かなちゃん、助けて！　お兄ちゃんが、ぐすっ』

泣き声に、胸の奥からかーっと熱いものがこみ上げる。荷物をひっ掴み、すぐに駅へ向かう道を走りだした。

「今どこにいるの？」

『かなちゃんのおうちだよ。お兄ちゃんが――』

遠くなった声に、糸が引き絞られるように、心臓がきゅっと縮こまった。しかし、すぐに幸希くんの声が聞こえてくる。

『……咲希が、すみません……大丈夫、ですから』

無理をしているのが、ありありとわかる。そんな声を出されたところで、安心すると思われているのか。それほど見くびられているのか。

「すぐに帰るから！　それとも、救急車を呼んだほうがいい？」

『そんな、』

「じゃあ待ってて！」

応《こた》えを待たずに電話を切る。電車にしろ、タクシーにしろ、駅に向かうのが早い。

バッグに突っ込もうとしたスマホが、手の中で震えた。

『彼方ちゃん？　高梨ですが、確認したいことが——』

「ごめん結人くん、ちょっと、いまっ」

『……僕に何かできることがある？　今事務所にいるけど』

気にしないでといったところで、彼には無理な話だろう。

結人くんが高梨不動産にいるのなら、家にも近い。頼むべきか、頼らざるべきか。

未《いま》だに、線の引き方が上手《うま》くない。こういうところが「かわいげがない」と評価されるのだ。

『彼方ちゃん？　大丈夫？』

「あっ、はい、あの……ごめんね、今仕事中だったよね」

『うん。でも、動けるよ』

頼まれる前から、引き受ける気まんまんなんだから……本当に変わらない。グッと鳩尾《みぞおち》に力を込めた。

「幸希くんが家で倒れたみたいで。咲希ちゃんから電話があって」

『じゃあ、ちょっと見てくるよ。救急じゃなさそうだったら、橋本《はしもと》さんに連れていってていいかな？』

橋本さんというのは、家の近くにある個人医院だ。小児科と内科を診療科目に掲げており、私と由貴緒も小さい頃からかかりつけ医にしている。

「仕事じゃあないのに、ごめんね……」

勇気を出したはずなのに、すでに後悔がグルグルと頭の中を巡っている。それを見透かすように、電話の向こうから小さな笑い声が聞こえた。

『こんな時に、そんなことは気にせず頼っていいんだよ』

「……お願いします」

『様子を確認したら、とりあえず連絡するから』

結人くんに様子を見てもらえることになったので、駅でそのまま電車に乗ることを決めた。つり革に摑まりながらやきもきとするが、たとえ歩き回っても、早く着くというわけではない。それでも、足がそわそわとしてしまう。

《大丈夫そうだけど熱が出てるから、橋本さんに連れていくよ。保険証も持って行くし、咲希ちゃんも一緒だから、焦らずにおいで》

駅で客待ちをしていたタクシーに乗り、医院の名を告げる。

橋本医院には、ベテランの大先生と息子の若先生がいる。若先生は見た目通り穏やかで優しく、大先生は厳しい顔をしているが、話すとひょうきんなおじいちゃんだ。おかげで、病院を怖いと思ったことがない。

「過労だね」

白い顎《あご》ひげをはやし、風格漂うおじいちゃんとなっていた大先生は、真剣な顔でキーボードを一文字ずつ打っている。短い単語だけでも時間がかかるのに、誤字を消して打ち直す様子を見ていると、代わりにやってあげたいと思ってしまう。

大先生は、なんとか打ち終えると、ふーっと長い息を吐いた。私まで、なんだか安堵してしまう。

「貧血もあるし、クマもひどい。ちゃんと食べてる？」

「はい、あ、いえ」

「どっち？」

「……本人に任せていて、わかりません」

「じゃあ、ちゃんと食べるように見守ってね。今、点滴してるから、終わるのに二時間ぐらいかかな」

「なにか、お薬とか」

「ない。食べて寝かせること。以上」

きっぱりと言い切った大先生は、咲希ちゃんに向かってひげをわしわしと揺らして見せ、喜ばせた。サービス精神が旺盛《おうせい》だ。

「それにしても、彼方ちゃんにこどもができてたなんてね」

「ち、違いますよ！　従姉の」

「聞いてるよ。結坊に聞いた。一緒に暮らし始めたばっかりなんだろう」

ひげの向こうからパッとシールを取り出し、咲希ちゃんに渡す。思わず口元が緩んだ。小さい頃は本物の魔法使いだと思っていた。

「難しい年頃でもあるけどね。こどもじゃないけど、経験値はまだまだ少ない。なんでも一人でおっ被《かぶ》ろうとさせないように」

「……一人で、頑張っちゃうんですよね。どうしたらいいでしょう」

長年自分を見守ってくれているという安堵感《あんどかん》がある。何より、頼りがいのあるお医者さんだ。

「昔の君に似てるよ。でも、君はもうこどもじゃないでしょ？」

ずり下がった眼鏡の奥で、クリクリとした目がこちらを見据えている。季節外れのサンタクロースのような風貌《ふうぼう》に、肩の力が抜けるのがわかった。

待合室に出ると、結人くんが振り返った。

「ありがとう。咲希ちゃんも教えてくれて、ありがとね」

「かなちゃん、もう帰れる？」

「うーん、もう少しかかるかな」

屈《かが》んで目を合わせると、咲希ちゃんは唇を突き出した。飽きてしまったらしい。

一度帰って迎えに来た方がいいのかな。でも、幸希くんは終わったら一人で帰ろうとしそう。ずっと咲希ちゃんをここで待たせるのもなぁ……。迷っていると、結人くんは咲希ちゃんを見下ろして手を差し出した。

「じゃあ、ごはん買って、おうちでお兄ちゃんたちが帰ってくるの待ってようか」

「え……そこまで」

助かるけれど、首肯《うなず》けない。彼はまだ仕事中のはずだ。それなのに、飛び上がった咲希ちゃんを見たら、断ることもできず、口ごもった。

「さきちゃんねぇ、ふくふく屋さんがいい！」

「ふくふく亭かぁ。あそこのお弁当美味《おい》しいもんね」

そして私に目を向け、

「彼方ちゃんは、チキン南蛮弁当でいい？」

にこりと確認をしてくる。絶対わざとだ。わざわざスーパーのメニューを挙げた彼に対し、素直に完敗を受け入れた。

「ありがとう」

咲希ちゃんは結人くんの手を大きく揺らしながら、「はやく！」とせっついている。

いつの間にあんなに仲良くなったのだろう。私よりも懐かれてない？

二人の背を見送ると、待合室のソファーに座る。

あんなに弱った声を出していたというのに、幸希くんは初診の受付票もしっかりと書いていた。手持ち無沙汰《ぶさた》に、久しぶりの院内に目を走らせていると、ポケットが震えた。幸希くんだ。

《一人で帰れます》

そんなメッセージを送られても、帰れるはずがない。どうせ拒否されるとわかっていながらも、返事をする。

《待ってるよ》

《大丈夫ですから》

親指が宙で止まった。なんて返せばいいのか。何を言っても断られるのは見えている。頭を小さく振った。返事をする必要はない。私の行動は決まっているのだから。

ポケットにしまおうと思ったところで、再びスマホが震えた。今度は電話だ。

発信者を見て、すぐに院外へと出た。

「もしもし、由貴緒っ」

『何があったの？』

開口一番、由貴緒は剣呑《けんのん》な声で切り出した。私の動揺を嗅《か》ぎ取ったのだろう。

「えっと、幸希くん、兄の方が今病院で」

『病気？　それとも怪我？』

「……過労、だって」

急に声が聞こえなくなって、私は電波を確かめる。四本きっちり立っている。もう一度耳に当ててみると、ざわざわという雑音は聞こえている。

「由貴緒？」

『バカッ!!』

短い罵声《ばせい》が耳を劈《つんざ》いた。キーンという耳鳴りが後を引く。

『あんた、何してるのよ！』

「何も、できてない。幸希くんはずっと、踏み込んでくるなって態度だし、まずは仕事を決めないと、信用してくれないのかなって……思ってたら……」

『詭弁《きべん》だって、もう自分でわかってるんでしょう』

「……はい」

再就職を優先させたのも、それぞれの生活を尊重するというのも、ただの言い訳だ。頭のどこかで気付いていたのに、見て見ぬふりをしていた。どうしたらいいかわからなかったからだ。

『婚約破棄から、彼方は変わった』

「破棄って、したのはこっちなんだけど」

負い目があるので、つい自分に責任がないということを弁解してしまう。

でも由貴緒が焦点にしているのは、どっちが悪いということではないのはわかっている。

『元々人に対して一歩引いてるところはあったけど、あれからさらに臆病《おくびょう》になってない？　別に周りにいる人の全部が全部、あんたを貶《おとし》めよう・裏切ろうとは思ってない。どうだっていい人だってたくさんいる。でも、こどもたちを守るって決めたのは彼方なんだから、覚悟はあんたが持たないといけないのよ』

腹を括《くく》ったと思っていた。つもりに過ぎなかった、と気付いた。

拒否され続け、どのように関わればいいのかわからなかった。自ら踏み込んだらどうなってしまうのか、怖かった。積極的に人と関わることから距離を取ってきたことのツケが回ったのだ。

彼らが自分のペースで過ごせるならという考えに甘えた。幸希くんだって、『しっかりしている』ことで、なんとか自分を奮い立たせていたのだろう。環境に慣れるだけで大変なのに、妹の面倒まで任せてしまった。彼が自らを追い込もうとしているのに、見ないふりをしていたことを認める。

『親戚《しんせき》たちと同じことしてるんだよ、今の彼方は』

言葉にされると、どれだけ自分勝手で残酷に振る舞っていたのかわかる。それなのに、今でさえ、どのように手を差し伸べたらいいのか、具体的な方法が見当たらない。

「どうにかしたい。私に何ができるのかな。幸希くんがさ、すごい笑顔なんだよね、いつも。必死に武装して、こっち来るなって全身で言ってる。私はどうしたらいいんだろう。何をしてあげられるんだろう」

幸希くんの方が誰かを頼りにしたいだろうに、私がこんなんだから頼れないんだ。無職だとか、そんな体面だけに引っかかっているんじゃない。きっと私の向き合い方に不安を覚えているんだ。

由貴緒の呆《あき》れたようなため息が聞こえた。

『彼方はさ、自分の弱いところを誰にでもさらけ出せた？　お父さん亡くなってから、近付いてくる人もいたでしょ、いろいろ』

母と二人になってから、心配そうな顔で話しかけてくる大人は多かった。中には本当に私たち親子のことを思ってくれる人もいたのだろうが、私は母の表情を見て対応を決めていた。そんな指針がなければ、幸希くんのように近付くものすべてを疑っていたかもしれない。

『どうしたらいいのかなんて、今傍にいる彼方が一番判断できるんじゃないの？　それが無理なら、高校や専門機関に相談！　手に負えないから放っておくっていうのが、一番の悪手でしょ』

さすが、やり手のビジネスウーマンは違う。私とは境遇が違えども、由貴緒もまた性格や家のことで周りにやっかまれてきた。それを跳ね返すだけの努力を積んできたのを知っているからこそ、彼女を信頼できるのだ。

「ありがとう、由貴緒」

『……彼方も無理するんじゃないよ。兄貴のこと、こき使っていいから』

言葉を返す前に、由貴緒はじゃあねと通話を切った。今頃、照れ隠しに鼻歌でも歌っているだろう。そんなときに決まって出るのが、『小さな世界』というのが由貴緒のかわいいところだ。

待合室に戻ってしばらくすると、幸希くんが処置室を出てきた。

「帰っていいって言ったじゃないですか」

「待ってるって、言ったでしょ」

幸希くんは眉《まゆ》をひそめた。しかし、言い返す力はないようで、ソファーにもたれかかった。咲希ちゃん一人が座れそうな距離が空いている。

幸希くんの名前が呼ばれると、彼が立つ前に、さっとお会計を済ませてしまう。

「誰が支払おうと、出所は同じだよ」

不満そうな顔に言うと、彼は大人しく玄関へ足を向けた。

ソファーと同じように、少しの間を空けて二人で並んで歩く。幸希くんの横顔を窺《うかが》うと、昨日までの気だるい様子が薄れている。顔をまじまじと眺めるのは、これが初めてだ。パッと人目を引くような顔立ちではないが、鼻筋は通っており、精悍《せいかん》な顔立ちをしている。一緒に暮らすようになってからは、唇を固く引き結んでいることが多い。そうやって、妹と自分を守ろうとしていたのかもしれない。

「夕飯は、雑炊でいい？　好みの味はある？　たまご？　かに？」

「いや、いいです。今点滴してきたし」

「じゃあとりあえず買っておくから、お腹空《す》いたら食べて」

きっぱりと言い切ると、幸希くんはこちらに目もくれず俯《うつむ》いた。

それ以上特に何かを話すことはなかったが、幸希くんの足取りが少しだけゆっくりとしたものになった。

家に着くと、咲希ちゃんが笑顔で玄関まで走ってきた。すっかり結人くんに気を許したようだ。幸希くんにまとわりつく彼女を引き剥《は》がし、彼を部屋へ押し込める。

「お兄ちゃん、大丈夫？」

心細げな咲希ちゃんに、ぎゅっと切なさがこみ上げる。楽しげにしていても、やはり心配だったのだろう。

「大丈夫だよ。でもちょっとお休みが必要だから、寝るまでは私と過ごしてくれる？」

「いーいーよーぉ」

咲希ちゃんは了解の返事をしながらも、私の足にしがみついてきた。

「なにするのー？」

「咲希ちゃんはどんな遊びが好き？」

「んーとね、おままごと。でもこのおうちにはないんだよ」

しょんぼりとした咲希ちゃんは、さらに重く肩を落とす。確かにこの家には、おもちゃがない。本物を使うとしても、おままごとで使う食器どころか、普段用のものさえ乏しい。おままごと……あ、いいこと思いついた。

「それじゃあ、まずはおままごとのごはんを作ろうか」

咲希ちゃんは真剣な顔で首を傾げた。

「おままごと、どうやって作るの？」

「ちょっと待っててね」

自分の部屋から端切れを入れた箱を取ってくる。蓋《ふた》を開けると、咲希ちゃんはキラキラとした目で見つめた。

「かわいいのいっぱいあるね！　これでおままごとするの？」

「これで、ごはんとかおやつとかを作るのはどうかな」

無地の生地は少ないが、柄のものも合わせ方次第でかわいいものになるだろう。

咲希ちゃんの機嫌はたちまち直り、すぐにあれやこれやと食べ物の名を挙げる。言われるがままに、ドーナッツ、アイス、ホットケーキ、ハンバーグと、様々な食べものを作っていった。久しぶりだった針仕事は思わぬ息抜きにもなり、あっという間に時間が過ぎた。

夕飯の時間になると、結人くんが買っておいてくれたお弁当を二人で並んで開けた。

「ハンバーグおいしいんだよ。さきちゃんのちょっとあげようか」

私は首を振った。

「それは咲希ちゃんのだから、全部食べていいんだよ」

咲希ちゃんは小さく切ったハンバーグと私を見比べて、大きく開けた口に運んだ。

「……もっと気をつけていたらよかったな」

咲希ちゃんがヒントをくれていたのだ。

私のベッドで一緒に寝たとき、幸希くんの食べる量が減っていると言っていた。妹にはしっかりと朝ごはんを食べさせながらも、自分は忙しそうに歩き回っていたと。

朝ごはんはみんなで食べるという約束も忘れるほど余裕がなければ、食欲が戻らなくてもおかしくない。

注意して見ておけば、彼が体調を崩すまで苦しむこともなかったかもしれない。

手が止まった私を見上げる瞳《ひとみ》に気が付き、なんでもないと笑いを返す。ほかほかのチキン南蛮を咲希ちゃんにもわけてあげると、彼女はおそるおそる口に入れ、目を輝かせた。

もしもの世界を考えればキリがない。私たちが歩んでいくのは、未来へ向かう道なのだから。

咲希ちゃんの歯磨きを終わらせ、二人の部屋を覗《のぞ》く。幸希くんは熟睡しているようで、起きる気配はない。

「眠れそう？」

小さな声で聞くと、咲希ちゃんは大きく首肯《うなず》き、幸希くんの隣にコロンと横になった。手を振ると、トロンとした目を閉じた。

起きてくる気配がないことを確認して、私は書き置きを残して家を出た。まだ会社帰りの人通りは多く、店からの灯《あか》りがどこもかしこも眩《まぶ》しい。

駅前のスーパーはそろそろ閉店に向けて棚が寂しくなっていたが、まだお弁当はいくつも残っている。伸ばしかけた手を、ハッと止めた。

「……ちがう」

咲希ちゃんが言っていた朝ごはんは、幸希くんが欲しているものは、ここには並んでいない。いつもは通り過ぎる場所まで戻り、じっくりと商品を見つめた。

「朝ごはん、って、何食べてたっけ……」

私が朝ごはんを食べなくなったのは、中学生になった頃だ。小学四年生の時に父が亡くなり、それまで早い時間に帰ってきていた母は、朝早くから夜遅くまで仕事をするようになった。

料理が好きな母は、夕食と朝食をしっかりと用意してくれていたが、みんなで囲んでいた食卓に一人きりで座るのは、ひどく乏しい気持ちになったのを覚えている。一人での食事は面倒なものとなり、次第に温める手間すら煩わしくなった。母にもその分を寝てほしいと考えるようになったが、私がどんなに家事を手伝っても、母との時間は増えず、料理がなくなることもなかった。

中学に上がると「パンを買ってきて食べるから」と伝え、朝ごはんを抜くようになった。昼と夜にしっかり食べれば問題はなかったし、起きてから登校するまでの時間を短縮でき、効率よく過ごせるようになった。

自分で作ると言い出すこともできたはずだが、最初から選択肢には入っていなかった。幼い頃に禁止された名残だと思っていたけれど、今考えれば、母の料理へのこだわりや楽しそうにしている領分に手を出すことが躊躇《ため ら》われたのだ。母はアマプロなみに料理がうまかったと思うのだが、調理実習ですら傍《はた》で見ていた私に作れるものとは何だろうか。

「おにぎり……は、炊飯器がないし」

学校行事で作らされたときに、かちこちの不格好なデンプンの塊を生み出し「彼方ちゃんはあっちを手伝ってもらえる？」とそれとなく戦力外になった苦い記憶がある。

何かを切ったり、卵焼きをうまく巻いたりすることなんて論外だ。

唸《うな》りながらスーパーを歩く私に、ぎょっとしたようなサラリーマンが足早に通り過ぎた。仕事で疲れているところを驚かせて申し訳ない。頭を軽く下げた視線の先に、パンのコーナーが見えた。

「サンドイッチなら！」

アメリカのお弁当で、ジャムを挟んだサンドイッチは珍しくないらしい。食パンを手にしたところで、パンに挟むだけならできるという高揚は、一瞬でしぼむ。

明日《あした》の朝ごはんにはふさわしくない。咲希ちゃんはこう言っていた。

『あっちっちなのを、ふーふーして食べたらおいしいよ』

温かくて、咲希ちゃんが喜び、幸希くんのお腹をいっぱいにできるもの。その上で、切ったりする必要がなく、料理をしない私でも作れるもの。

パンコーナーの前でスマホをいじる。パンを使ったレシピを探しあぐね、ようやく一つのレシピにたどり着いた。動画もついており、なんとかなりそうだ。必要な材料を次々とかごに放り込み、レジに並ぼうとして、慌ててすぐ近くの棚に戻る。

「これも、あった方がいいよね」

並んでいる中から、中ぐらいのサイズのフライパンを手にした。三人分の料理に、この大きさで足りるだろうか。迷いながらも、ぐっとカゴに押し込む。

使いにくかったら、買い足せばいい。

さらに近くに並んでいる菜箸《さいばし》やフライ返しなどの調理道具を少しだけ揃え、急いで会計を済ませた。


翌朝はいつもより二時間早起きをして、料理動画を確認する。手順を確認するだけで精一杯なので、予《あらかじ》めすべての食材や道具をキッチン台に広げた。

食パン、ツナ缶、マヨネーズ、塩とこしょう、ピザ用チーズ、冷凍のみじんぎりタマネギ、卵、コーンスープの素《もと》、サラダ用のカット野菜、菜箸、紙皿、フライ返し、それにフライパンだ。よしと袖《そで》をまくって気合いを入れる。

途中「うわっ」「ひゃっ」と声を上げながら、その度にこどもたちの居室を振り返り、ほっと安堵《あんど》する。

できあがったものに落胆し、もう一回チャレンジしようかと時計を見上げたとき、

「かなちゃぁん、何の音ぉ？」

ドアが開き、眠そうな目をした咲希ちゃんがリビングに姿を現した。その後ろには、

幸希くんの姿もある。昨日より、さらにスッキリとした顔をしていることにホッとした。

(……タイムアップか)

「何してるのぉ?」

咲希ちゃんが弾むような足取りで近付いてくる。とっさにフライパンを背中に隠すが、彼女はひょっこりと横から覗き込んでしまった。

「あー! 目玉焼き!」

「これは、その、失敗したから」

「なんで? 食べようよ! さきちゃんもお皿用意できるよ、お手伝いする」

咲希ちゃんは背を伸ばしてシンクをペタペタと触るが、買ってきておいた紙皿を取り出した。お皿はまだ人数分ないのだ。

レンジから取り出したツナメルトと、裏が焦げた目玉焼きを横に添える。カット野菜を盛り付けると、なんとかワンプレートディッシュのような体裁になった。スープはお湯で溶かすコーンスープだ。溶かすだけなのに、粉の塊が残ってしまった。どこまでも残念な技量なのだ。

戸惑ったように立ち尽くしている幸希くんに、さりげなく言った。

「朝ごはんを作ったんだ。一緒に食べよう」

これで懐柔しようだなんて思ってないと、伝わっただろうか。

「朝ごはんだって！　お兄ちゃん食べよう!!」

幸希くんが拒否をする前に、嬉《うれ》しそうな咲希ちゃんが彼の腕を引っ張った。ファインプレーだよ、咲希ちゃん！

有無を言わせず椅子に座らされた幸希くんは、笑みを張り付けることすらできず、何が起こっているのかという表情のまま、じっとテーブルに目を落としている。

「それではみなさんごいっしょに、いただきます！」

咲希ちゃんの声に釣られるように、幸希くんも私も手を合わせた。

フライパンで焼いておいたカリカリのトーストは、半焼けの場所もあれば、縁が焦げすぎたところもある。悲嘆するほどではないが、明らかに失敗だとわかる出来に、思わずトーストを持ったまま二人の様子を窺《うかが》った。

「あっちっちだー」

嬉しそうにかぶりついた咲希ちゃんは、ハフハフと空気を取り込みながら必死に口を動かしている。口の中が空になると、「おいしいね！」と満面に笑みを浮かべた。

スープを一口飲んだ幸希くんから、ほっと力が抜けたのがわかった。

目の前で湯気を立てているツナメルトに、私もかぶりつく。歯がぎゅっとトーストを捉《とら》えると、チーズの下からじゅわりとツナの油が口の中に広がる。噛《か》みしだくと、タマネギがしゃりしゃりと主張した。チーズとマヨネーズの塩気がパンをより甘く感じさせ、焼いたパンの香ばしさを引き立てている。

火を通しすぎたのか、チーズは硬くなっていたが、これを自分が作ったということが、信じられない。

「……おいしい」

呆然《ぼうぜん》と呟《つぶや》くと、咲希ちゃんが身を乗り出した。

「でしょ！」

まるで自分が作ったかのように、誇らしげに胸を張った。その様子に口元を綻《ほころ》ばせると、ぷっと吹き出す音が聞こえた。

「咲希が作ったんじゃないだろ」

幸希くんがおかしそうに笑っている。作り笑顔ではない、思わず出てしまった屈託のない表情が、彼の本来の顔なのだろう。

それが見られただけで報われた気になる。

その手元にある皿の上からは、トーストが消えていた。私の視線に気が付いた彼は、ばつが悪そうに目を逸《そ》らした。しばらく皿を見つめていたが、徐《おもむろ》にサラダを頬張り、目玉焼きに勢いよく噛みついた。

すべてを飲み込むと、呆気《あっけ》に取られている私に目を合わせる。

「ごちそうさまでした」

真っ直ぐな目を向けられ、私は居住まいを正して頭を下げた。

「お粗末様でした。ごめんね、うまく出来なくて……」

「かなちゃん、あったかいごはん作ってくれてありがとう！」

焦げた目玉焼き、一部ゴムのように固まったチーズ、ダマの残ったインスタントスープに、そのまま出しただけのサラダ。努力はしてみたが、これでよかったのだろうかという不安がつきまとっていた。

「言い訳になるんだけど、私は料理を一切してこなくて。朝ごはんを食べるのも苦手で久しぶりだったんだけど……なんでだろう、失敗したのに美味《おい》しかった」

咲希ちゃんは目を細めて、口をにかっと開けた。そして、宙を泳ぐように大きく腕を広げる。

「みんなで食べたからだよ。一緒のごはんはずーっとずーっとおいしくなるんだよ！」

彼女の笑顔に、幸希くんは苦笑しながら俯《うつむ》いた。

朝ごはんなんて、食べる必要がないと思っていた。

朝ごはんがなければ、効率よく出かける準備ができ、母の負担を軽くすることができる。そもそも食事に対して興味が持てず、面倒だと感じるようになっていたから。

――こんな風に時間を過ごせるなら、朝ごはんも悪くないな。

三人ともお皿の上は空っぽだ。

「みんなで、食べたから、か」

ぽつりと呟くと、どんどんと思いが膨らんでいく。

食事が面倒になったのは、一人で食べるようになってからだ。今日は、作っている最中から食べている時だって、煩わしさが過《よぎ》ったこともなかった。

この願いを口に出していいのか、いけないのか。顔を上げると、咲希ちゃんはもちろん、幸希くんも穏やかな表情になっている。

二人の表情を見て、考えるよりもスルッと言葉が滑り出た。

「これからは、みんなで食べよう。まだ下手っぴだけど、私が作るから」

――私が作る、か。

どうしてそんな言葉もすんなりと選ぶことができたのか。自らの言葉に驚きながらも、何故かしっくりとくる。

朝ごはんは大事だから、みんなで食べるお約束。

咲希ちゃんの言葉が頭の中で響く。

歩み寄ってくれるのを待っていてはダメだ。幸希くんも私も、相手に対して遠慮を抱くタイプだから、こちらから踏み込まないと、いつまでも変わらない。その最初の一歩を、朝ごはんにしよう。

幸希くんは迷うように少しだけ眉《まゆ》を寄せたが、断る前に咲希ちゃんが「やったー！」と、両腕を上げた。

「みんなで、おいしいごはんを食べようね！」

弾《はじ》けるような笑顔に、幸希くんも苦笑を浮かべた。まだ硬さの残る顔を私に向け、律儀に頭を下げた。

「よろしくお願いします」

唇は、まだ引き結ばれている。しかし、声音はいつもより柔らかく、私の一歩を受け入れようとしてくれているようだ。

「こちらこそ、よろしくお願いします」

私もぺこりと頭を下げた。潤んだ目など、二人に見せられない。

また忙しくなる。

終えていない手続きもあるし、再就職は決まっていないし、幸希くんの夏休みだってもうすぐ終わる。それなのに、慣れない朝食のメニューを考えて、材料を用意して、作らなければならないのだ。そのための練習だって必要だ。

頭はパンクしそうなのに、不思議と胸は温かい。

勢いで始まり、すぐに自分の至らなさに後悔することになった生活だが、ようやくスタートラインに立てた気がした。

二話　孵化するオムライス

　炊飯器を開けると、ふわっと甘い香りが鼻をくすぐった。自分の茶碗《ちゃわん》へいつもより多めに盛った。今朝の食卓は、少し勇気を出したいからだ。

　レンジの上にはトースターが積み上げられている。炊飯器の他にも、間に合わせの平皿や小鉢、それぞれのグラスやスープカップも増え、寒々としていたキッチン台は、料理をするスペースがやっと残っている程度になった。キッチンボードも週末に届く予定なので、もう少し調理スペースが広がるだろう。

　朝食の準備を手伝ってくれる咲希ちゃんに、食具を渡しながら言った。

「今朝はスペイン風オムレツだよ」

　混ぜ込んで焼くだけなので、失敗が少なく、野菜もタンパク質も一緒に摂《と》ることができる。咲希ちゃん向けに薄めの味つけを心がけずともケチャップで調節でき、柔らかく煮込むという手間もいらない。手軽さからも栄養面からも、登場回数の多いメニューだ。他にもざっくりと切って火にかけておくだけの汁物も、朝食に持ってこいである。

「いい匂いだねぇ。ウインナーいっぱい入ってるから好き」

おにぎりが硬くて食べられないという事態は脱したが、形はまだまだ改善が必要だし、卵焼きは最終的に炒《い》り卵になってしまうことが多い。

それでも、母の味が舌を育ててくれていたようで、味の失敗が少ないのはせめてもの慰めだ。レシピ動画や時短レシピの公開が盛んなおかげで、レパートリーは少しずつ増えている。今のところ、繊細な技術のいらないものが、得意料理だ。

朝食を三人で揃って摂るようになってからは、幸希くんの朝ごはんの量は少しずつ増えていき、今では驚くほどによく食べる。食欲は元に戻り、体調も改善したようだ。

しかし、まだ料理以外の家事は、ほとんどを自分で行おうとする。放っておくとまた倒れる程の無理をしかねないので、ことあるごとに声をかけるようになった。幸希くんはその度にうざそうな顔をしている。

朝ごはんを受け入れてくれても、咲希ちゃんの世話は自分で行おうとするし、「ただの同居人である」という姿勢をなかなか崩そうとはしない。いきなり劇的に変化するとは思っていなかったが、次の手を考えあぐねている。

八月も終盤にさしかかり、幸希くんの夏休みはもうすぐ終わりを迎える。従姉《いとこ》の家からよりも通学時間は短くなるが、負担を自ら抱え込もうとすることが心配だ。

彼の前に味噌汁《みそしる》を置きながら尋ねた。

「もうすぐ始業式でしょう？　咲希ちゃんのお迎えは私が行くから、登園だけお願いしていい？　ほら、高校だと部活とかイベントで遅くなったりもするでしょう」

いきなり全ての仕事を奪うことは、幸希くんの負い目になりかねない。保護者としても、少しずつ自然を装って、荷物を分けてもらうようにしていきたい。

誰かと一緒に暮らすということが久しぶりすぎて、何をどう気遣ったらいいのか、ぎこちなさが過ぎて不審になってしまう。しかし、難しいことだとはわかっても、自分にできることをして積極的に関わっていくと決めた。

お願いを装うことで幸希くんに譲歩してもらおうと思ったが、彼は想像以上の言葉を返した。

「仕事、決まったんですか？」

ぐさりと胸に刺さる。

朝食を受け入れた代わりに、幸希くんは歯に衣を着せることもやめたらしい。盾のような笑顔を捨て、思ったことを率直にぶつけてくるのは、いい傾向と言っていいものか悩ましい。いや、これは照れ隠しだ。そう、思春期の微笑ましい反応だ、うぐぅ。

「……いくつか面接は受けてるんだけど」

ハローワークや派遣会社で紹介を受けたが、仕事の時間が遅かったり、待遇が最悪であったり、就業場所が遠かったりと、なかなか条件が合わないことが多かった。それでもめぼしい会社の面接を受けたりもしているが、書いてある条件と違うことを提示されたり、お祈りメールを受け取ったりと、捗々《はかばか》しくない。

「大丈夫です。オレが行くんで」

「でも、夏休みが明けたら、すぐに文化祭があるんじゃなかった？　クラスだって部活だって、何かやるでしょう？」

幸希くんの高校は確か九月の中旬頃に文化祭を行うはずで、準備も最高潮のはずだ。手伝いをしなくて大丈夫なのか、爪弾《つまはじ》きにされないかとハラハラしてしまう。

「部活はもう辞めてるし、クラスの方も大丈夫です。みんなに言ってあるし、当日も出なくてもいいぐらい……」

「そんなのダメ！　成績に響くし、大事な思い出でしょ。友だちに言ってあったとしても、何も手伝わないのは迷惑をかけるよ。今は連絡待ちとか資格の勉強とか、家でできることが多いから、私の帰りが遅くなることも減ったでしょう？」

手続きは弁護士さんにお任せできるようになったし、他行が必要なのは、従姉の家に風を通しに行くこと、ハローワークや面接などに行くことぐらいだ。職探しやインテリアの勉強で忙しいといっても家の中でできることが多く、自分の都合で家事も片付けることができる。

幸希くんは汁椀《しるわん》に口を付けながら、考えたようだ。食べ終えたお皿をテキパキと片付けると、素っ気なく言った。

「それじゃあ、週に二回だけお願いします。仕事が決まったらオレが迎えに行けるので、教えてください」

「あ、うん。わかりました」

なるほど。ただの鋭い切り返しや自立心ではなく、心配もしてくれていたのか。

「今日は外出する予定がないから、私がお迎えに行くよ。幸希くんは宿題が終わってるなら、久しぶりに友だちと遊んできたら？」

昨日、咲希ちゃんに聞いた。幸希くんは、友だちから誘いの電話が来ても全て断っているのだと。今日も誘われていたのに、断っていたことも。

妹の告げ口がわかったのだろう、幸希くんは苦い顔をした。

しかし咲希ちゃんは兄に見つめられて嬉《うれ》しそうだ。褒めて、と揺れるしっぽが見えるようだ。

「さきちゃんは保育園で遊ぶおしごとしてくるから、お兄ちゃんも遊んできてね！」

咲希ちゃんに無邪気に言われると、私はどうしても受け入れてあげたくなってしまう。かわいいというのはもちろん、叱り方や諭し方がわからない。またあの朝のような恐慌に陥ったらと、ビクビクしてしまうのだ。

幸希くんも同じようで、息を詰まらせ、目をつぶって苦渋の顔をした後、

「すみません。よろしくお願いします」

苦々しげに頭を下げた。

両親が亡くなってすぐに遊ぶ気分になれないのはよくわかる。それでも彼の友人たちは、馬鹿騒ぎをするために呼び出しているのではなく、気晴らしをしてほしいのではないだろうか。家にこもって家事ばかりしているのも気がかりだったので、首肯《うなず》いてくれたことにホッとする。

こどもたちが家からいなくなると、ドリップコーヒーを淹《い》れ、パソコンの前に座った。転職サイトで仕事を検索し、合間に自分の勉強をして、料理のことを調べる。おやつ時になり、画面に目をやることに疲れ、電源を落とした。

面接の返事を待つぐらいなので、午後からは久しぶりに趣味に精を出すことに決めた。

仕事をしていないのに、新しい生活は疲れが溜《た》まる。身体が疲れるというよりも、自分の思う通り、気ままな行動を取ることができない精神的疲労だ。幸希くんに外出を勧めたのは、自分の思うままになる時間が必要だと実感したという理由もある。

咲希ちゃんにおままごと道具を作ったことで、裁縫が気分転換になると思い出した。

そこで、実益を兼ねて、作ったものをフリマアプリで販売してみようと思ったのだ。

まずは咲希ちゃんの服を作ってみようと、ネットで購入したこども服の型紙や生地を、鼻歌交じりで広げる。

余所《よそ》行きのワンピースがほぼ完成したところで、スマホのタイマーが鳴った。咲希ちゃんのお迎えの時間だ。あとは背中のボタンを付けるだけなので、ミシンをしまい、作りかけの服をハンガーにかけて家を出た。

咲希ちゃんは帰ってくるなりワンピースを見つけ、ぴょんぴょんと飛び跳ねた。

「これなに、これなに、これなに⁉ さきちゃんの⁉」

「そうだよ。まだボタンを付けてないんだけど、試着してみる？」

「しちゃくする！」

さっそく服に袖《そで》を通した咲希ちゃんは、その場でクルクルと回ったり、ポーズを決めたりして、写真撮影を要求した。ここまで喜んでくれると、製作者としても本望だ。

「これ、明日《あした》着ていってい い？ みんなにかわいいって言ってもらうの」

「うーん、これは保育園に着ていくには向いてないかな」

「やだ！ なんで着ていっちゃダメなの？ そんなこと言ったらかなしいよ！」

何て言ったら咲希ちゃんは納得してくれるだろう。

「このお洋服、気に入ってくれた？」

咲希ちゃんは目を怒らせたまま、こくりと首肯いた。

「じゃあ、汚したら悲しいよね」

再び大きく首肯く。今度はかわいそうになるほど、口をへの字に曲げた。自分でも保育園向きの服ではないことが納得できても、素直に承服はできないのだろう。複雑な気持ちが一瞬でわかる表情だ。

「保育園は汚れてもいいお洋服っていう決まりなの。今度、お休みの日に着てどこかに遊びにいこうか」

「そうする！」

咲希ちゃんは快諾すると、すぐにワンピースを脱ぎ、「さきちゃん畳めるよ！」と服を畳み始めた。畳み方は独特だが、なかなかきれいな四角にしている。

「上手だねぇ」

本気で感心すると、彼女は満足そうににっと口角を上げた。

夕飯は冷凍の餃子《ギョーザ》で、水も油もなしで焼くだけなので、気楽に作ることができる。咲希ちゃんにカトラリーを並べてもらっていると、玄関の開く音がした。

「……ただいま」

幸希くんの言葉に、胸が温かくなる。しかし、とても晴れやかとは言えない表情が気になった。

「お兄ちゃんおかえり、いまね、お手伝いしてるんだよ！」

「おかえり」

「そうか、偉いな」

幸希くんは咲希ちゃんを一撫《な》でして、部屋へ入っていく。

夕飯の間中、彼は浮かない顔をしていた。

「お友だちと、どうだった？」

何でもないことのように尋ねた。幸希くんははっとしたように顔を上げたが、唇を無理矢理横に広げていた。

「楽しんできました。ありがとうございます」

「……そう、よかったね」

貼り付けた笑みを浮かべて何言ってるんだ。気晴らしにと送り出したのに、何か嫌なことでもあったのだろうか。

まさか、いじめを受けてるとか⁉ いや、でも、幸希くんに限って……。いつの時代もいじめは存在するが、今は陰湿なものも多いというし、今は何が理由で追い込まれることになるのかもわからない。

むむむ……と彼を見つめていると、幸希くんは訝《いぶか》しげに餃子を頬張った。

深刻そうな様子ではないが、過労の件もある。よく見ておくことにしよう。そう決めながら、勢いよく餃子に噛《か》みついた。

幸希くんの始業式は間もなく訪れ、ようやく慣れてきた生活は、再び一変した。朝はバタバタと用意を行い、一応食卓に揃いはするが、幸希くんは早食いですぐに席を立って用意に向かう。咲希ちゃんは自発的に準備をする日もあれば、ダラダラとふざけてしまう日もある。

支度をしようとしない日は幸希くんが叱りつけるが、そうなると彼女はますます頑《かたく》なになり、テレビ前のラグで丸まって泣き叫ぶ。

幸希くんの自立心と咲希ちゃんの幼さが上手《うま》く噛み合わず、空回りしては苛立《いらだ》っている様子が見て取れる。それでもなかなか自分からは頼ろうとしない姿に、見ていて苦しくなる。

「私が送っていこうか？」

「いえ……咲希、ほら早くしろ！」

手早く着替えさせ、引きずるように出て行った。

有言実行を守りたいのか、お迎えはきっちり週に二回まで頼まれるようになったが、朝の登園を頼まれることはない。申し出ても、今のようにはぐらかされてしまうのだ。

咲希ちゃんはというと、朝に登園を渋っていても、帰ってくるときは楽しそうに保育園での生活を話してくれる。どうして不機嫌だったのかを尋ねると、「眠かった」や「わかんない」と、こだわりのない様子で話してくれる。

ころころ変わる気分を素直に出せる咲希ちゃんを羨《うらや》ましく思いながら服を作っていると、スマホが震え始めた。

見覚えのない電話番号だが、市内の局番だ。おそるおそる出てみると、幸希くんの名前が出たことに驚き、急いで出かける支度を始めた。

幸希くんの通う高校は、県内でも有数の進学校だ。男子校であるため、現役時代に文化祭で訪れたぐらいだ。慣れない場所に、ビクビクしながら門を潜った。

説明された客用の玄関へ行くと、ジャージを着た生徒がはっとしたようにこちらを向いた。幸希くんではない。誰かを待っていたのだろうかと窺《うかが》いながらスリッパを探していると、

「幸希のおばさんですか？」

生徒はスリッパを差し出してくれた。

おばさん、そうか、おばさんなのか。高校生からしたら、もうおばさんだな。いや、面倒くさい関係性を一瞬で説明できるおばさんという可能性もある。

頭の中であれこれ考えながら、会釈して手を伸ばす。

「幸希くんの親戚《しんせき》の者ですが、」

あなたは、と問いかける前に、生徒は差し出していたスリッパを床に叩《たた》きつけた。

一瞬何が起こったのかわからず、呆気《あっけ》に取られる。

「保護者失格のばばあ！　何もかもおまえのせいだ‼」

彼は罵声《ばせい》を浴びせると、廊下を走っていってしまった。

何のことを言っていたのか、追いかけるべきなのか、その通りだと内省すればいいのか、もうババアと呼ばれる年齢になってしまったとしみじみすればいいのか……混乱しながらもスリッパを拾い、足を通していた。

走る彼を注意する声が聞こえ、真面目そうな女性教師が私を見つけて頭を下げた。

進路指導室へ案内してくれたのは幸希くんの担任で、中には学年主任だというひょろりとした男性教師の姿があった。丁寧に挨拶《あいさつ》をされ、呼び出したことを謝られる。

「幸希くんが、何か問題に巻き込まれたのでしょうか？」

もしかして、本当にいじめがあったのだろうか。やきもきしながら問うた。

私の言葉に、学年主任は目を瞠《みは》り、次いで穏やかに笑った。

「いえ、そういうわけではないので、ご安心ください。でも、安心してもらうのも、まずいのかな。今日は普段の生活のことをお伺いしたくて」

「橘くんの休み明けの実力テストの結果が、だいぶ下がっています。ご両親が亡くなった直後なので仕方ないとは思いますが、家事を必要以上にさせているのではという話も聞いています。もう少し彼のフォローをすることはできませんか？」

担任に差し出された、数回分のテスト結果の比較表に目をやる。前回まではほとんどが九十点以上の高得点が並んでいるが、教科によっては三十点も点数を落としている。

家事をやりすぎだとは思っていたが、幸希くんの頑なさを思えば、全てを引き剝《は》がすことは難しい。だけど、ここまで明確な悪影響が見られると、教師たちも心配になるだろう。

策を考えていると、担任は焦《じ》れるように言い募った。

「突然部活も辞めて、修学旅行も行かないので返金してほしいと言い出したんですよ！　内申が悪くなると言ったら進学をやめるとも言い出して。今までの成績なら充分上位校を狙うことができるんです。金銭的な問題なら、奨学金という方法も考えられますし……」

担任は責めるような目でこちらを見る。私が大学に行かせまいとしていると疑っているようだ。

初めて聞いたことばかりで、考えがまとまらない。高校生にもなれば、ある程度自分の意志で決定できる場面も増える。

しかし、今の幸希くんに任せるのは危うい。無闇な自立心か自暴自棄か、将来を見据えるより目の前の現実を優先してしまいそうだ。そんな必要がないとわかれば、彼の視線も遠くを見られるようになるだろうが、まだ道は遠い。今のままの私では、幸希くんを説得できるだけの信頼を得ていない。

「部活や進学のことは、本人とも相談してみますが。修学旅行は、いつのことでしょうか？」

「十一月です」

そんなことも知らないのか、と暗に言われている。恥ずかしさに俯《うつむ》くが、《そんなことも知らない》のだ。

「それまでには説得するので、旅行は行く予定でお願いします」

学年主任は、うんうんと首肯《うなず》いた。

「もちろんです。学校でも橘くんからよく話を聞いてみようと思います。行事や進学のことだけではなく、彼の精神的なバランスを学校としても心配しています。ご家庭でもよく話を聞くようにしてあげてください。何かあれば、ご相談ください」

何も言えず、深く頭を下げてから進路指導室を出た。目の前の廊下に、幸希くんが立っていた。驚いていると、友人が、と言った。さっき暴言を吐いた、友達思いの彼のことだろう。

「ご迷惑かけて、すみません」

「別に、迷惑ではないよ。保護者の仕事だから。いじめとかじゃなくてよかった」

彼の眉根《まゆね》が寄る。余計な心配だとでも言っているようだ。

「これはオレの問題なので、放っておいてもらって大丈夫です。呼ばれても、もう来なくていいですから」

「そういうわけには、いかないよ……」

「今日はオレが咲希の迎えに行きます」

同じ帰り道であるはずなのに、幸希くんはさっさと一人で帰ってしまう。慣れない場所に置き去りにされ、ひどく重たい足を引きずるように帰途についた。


面接の返事はお祈りされるばかりで、いっそこれまでとは違う職種に手を伸ばした方がいいのか、条件を見直してみるべきなのかと迷い始めるようになった。しかし、こどもたちと生活していくことを考えると緩めるわけにもいかない条件ばかりであり、未経験の職種ではさらに狭き道だ。

再就職活動が停滞していることに比べ、こども服販売の売れ行きは好調だった。フォローしてくれている人も多く、出品するとすぐに売れることも増えてきた。いい素材を使い、手間のかかるデザインにアレンジしている。代わりに、少々高額で販売しているため、無職期間のいいお小遣いになっている。

「うまくいかないなあ……」

こどもたちを引き取る話し合いの場で膨らんでいたやる気は、時間の経った風船のようにしぼんでいる。使えなくなったと捨てることができないのだから悩ましい。

人を変えることはできないから、自分が変わるしかないとはよく聞く言葉だ。でも今回の場合、私の何を変えたら、幸希くんに受け入れてもらえるだろうか。

仕事場では、頑張っている姿を認めてくれる上司がいた。それによって、また次のステップを目指すこともできた。だけど、再就職の面接をしていると、言葉を尽くして自分の業績やスキルを訴えなくてはいけないと痛感している。どうしても卑屈になってしまい、上手《うま》くいかないのだ。

きっと、彼を説得できていないのは、そういうところだ。言葉がいらないなんて関係は、世界中のどこにもないのだろう。

「信用を得るって、難しいなあ」

ぼんやりと呟《つぶや》いた。

無闇に声をかけられないまま数日が経ち、文化祭の準備で遅くなる幸希くんの代わりに保育園へお迎えに行った。

クラスに入ると、咲希ちゃんは先生の膝《ひざ》の上で丸くなるように抱きついていた。私に気が付くと走り寄ってきて、足をぎゅっと抱きしめる。拗《す》ねたような顔で、泣いた跡も見える。

「ちょっとお友だちとケンカになっちゃって。お昼寝もできなかったし、お昼もおやつも残していたので、おうちでも様子を見てあげてください」

先生がバイバイと手を振ってくれると、咲希ちゃんは小さく手を振り返したものの、すぐにぷいと顔を背けた。玄関では「おくつはかせて」と両足を投げ出したまま、動こうとしない。

咲希ちゃんがこんなに甘えてくることは珍しい。もしかして体調が悪いのだろうか。慌てて額に触れてみるが、熱はなさそうだ。単にコンディションの問題だったようで、買い物に寄ったスーパーでは、すっかり機嫌は直っていた。

「幸希くんがパパやママとケンカしたことってある？」

「あるよぉ。あのね、パパとママがいなくなっちゃった日の朝もケンカしてたの」

咲希ちゃんは何でもない様子で言うが、私は慌てて話を逸《そ》らす。

「長いケンカのときもあった？」

咲希ちゃんは鼻歌交じりで首肯く。

「そういうときは、どうやって仲直りしてた？」

「んーとね、おいしいものをみんなで食べるの。そうしたらね、いつもと同じようにいただきますってしてたよ」

「そっかー……」

簡単に解決しようなんて、ズルはできないよね。

「ねーねー、かなちゃん。さきちゃんねぇ、今日ゆーとくんにお手紙書いたの。ゆーとくん、次はいつ来るの？」

「え、結人くん？　どうかなあ。特に約束してないし」

「約束してぇ。ゆーとくんにさきちゃんのお手紙わたすの！」

高梨不動産も終業を迎える時間だけれど、ピタリと業務が終わるわけではない。かといって、咲希ちゃんのお願いを無下《むげ》に断るのも私にはできない。

「電話してって伝えておくから、待っていようね」

幸希くんからはごはんも食べて帰ることになったと連絡が入ったため、作ったお味《み》噌《そ》汁《しる》と買ってきたおかずを二人で食べ、一緒にお風《ふ》呂《ろ》に入った。咲希ちゃんの髪を乾かしていると、結人くんから電話がかかってきた。

『咲希ちゃんから用事があるって？』

「そうなの。お疲れのところ、ごめんね。咲希ちゃんに代わります」

咲希ちゃんにスマホを渡すと、彼女はビデオ通話に切り替えた。器用なものだ。

「ゆーとくん、こんばんは！　さきちゃんねぇ、ゆーとくんにお手紙書いたの。虹色《にじいろ》にしたんだよ」

咲希ちゃんは登園リュックから二つ折りにしたわら半紙を取り出し、広げて画面越しに結人くんへ見せている。彼は綺麗《きれい》だねーと話を合わせてくれている。本当に誰にでも優しい。その対応力を少しわけてほしい。

ひと通り結人くんに喋《しゃべ》りきった咲希ちゃんは、ようやくスマホを返してくれた。

「急に電話したいなんて言ってごめんね」

『さっきも謝ってたよ』

電話の向こうで結人くんは鷹揚《おうよう》に笑う。こどもたちと暮らすようになってから、彼に頼ることが増えてしまっている。

「もう少ししっかりしないとなぁ」

『彼方ちゃんは、充分しっかりしてるよ。でも自分でどうにかしようとしすぎてる気がするから、もう少し脇目を振ってもいいんじゃないかな？』

「ううん、そんなことないよ。私より、もっと手抜きをしてほしい人がいるよ……」

『幸希くんか……あれからひと月ぐらいだろう？　さすがにまだ落ち着かないんじゃないかな』

「……高校二年生ともなると、時間が放っておいてくれないから……あ、そうだ。結人くんは、料理が得意だったよね」

『うん？　まあ、人並みにはするけど、どうしたの？』

あれが人並みなのか……道は険しいな。

「最近始めたんだけど、」

『えぇっ!?』

ゴトンという音がして、ヒュッと画面が暗くなる。ガサガサというノイズがして、ようやく結人くんが戻ってきた。旧知の彼なら納得の反応だが、何も電話を取り落とさなくても……。

「驚きすぎだよ、結人くん」

『だって、彼方ちゃんが、えっと……そうか……よかった。何でも聞いて』

彼の笑みが深くなり、私は目を伏せた。ここまで心配させていたのか。

「それでね、調理道具とか、あったら便利なものを今度教えてほしいんだ。簡単に作れる朝食のレシピとか」

『……なるほどね。じゃあ、今度の水曜日にランチがてら買い物なんてどう？』

「お休みの日にわざわざ、いいの？」

『せっかくの休みだからでしょ。行きたい店とか食べたいものがあったら教えてね』

LINEか電話でちょっと教えてもらえればと思ったのだ。休みの日にごはんを食べて、買い物だなんて、そんなデートみたいなこと……。

「わ、わかった！　ありがとう」

そそくさと電話を切る。

なんだこの気恥ずかしさは。結人くんのことは幼い頃から知っているのに、いや、知っているからこそこんな風に誘われて照れくさいのだ。そうだそうだ。

「かなちゃん、お顔まっかっかだよ。お熱出た？」

「へっ⁉」

頬に手を当てると、やけに熱い。どこまで動揺しているのか。自分の未熟さをたたきつけられているようだ。

昔から、結人くんは妹の由貴緒によく振り回されていた。おまけのように私がいても、面倒くさがる様子は微塵《みじん》も見せずに相手をしてくれたものだ。第三の母のようだと思っていた。

そんな幼少の頃からちっとも変わらないのに、さらに気遣いがパワーアップしていて、オカンなのかなんなのか、よく分からないものに進化している気がする。

私なんて、全然成長してないのに……。この差はなんなのか。

「デートの約束ですか」

呆《あき》れたような声に、びくりと背を伸ばした。

咲希ちゃんはすでに幸希くんに目もくれず、絵本を読んでいる。その様子から、彼が帰ってきたのは少し前なのだと分かった。どれだけ悩みふけっていたのだろう。

「幸希くん、おかえり。音が聞こえなかったからびっくりした」

「電話に夢中だったからじゃないですか？」

塩対応はいつものことだけど、刺々《とげとげ》しさが増している気がする。何か学校であったのかな。

「結人くんは料理にも詳しいから、今度キッチン雑貨を一緒に選んでもらおうと思って。まだ全然揃ってないじゃない？」

「別にいいんじゃないですか？　その日はオレが迎えに行くし、どうぞ心ゆくまでごゆっくり」

幸希くんの不機嫌の理由がわからず、首を傾げる。

「お昼ごはん食べて買い物して帰ってくるだけだよ？　咲希ちゃんのお迎えも行けるし、何か夜ごはんで食べたいものあったら買ってくるけど」

「……おでんでいいです」

「おでん？　この暑い時季に？　売ってるかなあ……」

なんなんだ、今日は我《わ》が儘兄妹《まきょうだい》か。

「なかったら、なんでもいいです」

そのまま部屋に行くのかと思いきや、彼は冷蔵庫から麦茶を取り出し、テーブルで飲み始めた。望んでいたような行動だが、急にいつもと違う態度をされるとビクビクしてしまう。

身体ごと私から目を逸らしてはいるが、すぐに立ち上がる気はないらしい。彼もコンディションが悪いのだろうか。一緒にテーブルに着くなんてごはんの時以外にはないので、落ち着かない気分になるが、話をするチャンスだ。

「ねぇ、幸希くん。もしかして、お金のことを心配してる？」

彼にとっては思わぬ話題だったようで、きょとんとした顔を向けた。これもまた、滅多に見られないものだ。表情でわかってしまったのか、すぐに口をへの字に曲げる。

「なんでですか？」

「夏休みの間に、アルバイトを探しているようなこと言ってたし。修学旅行も行かないって言ってることを聞いた。部活だって、急に辞めてみんな心配してるみたいだよ」

「あなたには関係ないですから。気にしなくていいです」

「関係ある！　保護者なんだから、無関係じゃない。ひとつ屋根の下に暮らす仲間でしょ！　身内でしょ！　もっと心配させてよ！」

勢いに気圧《けお》されたように、彼は目を瞬《しばたた》かせた。

「進路だって、行事だって、もっと相談してほしい。私が幸希くんの考えてることがわからないように、私のことだって知らないでしょ？　私たちには圧倒的に足りてないんだよ、会話が」

「……そんな必死になることですか。たかが修学旅行ですよ」

「何言ってるの。学生の一大イベントじゃない！　楽しまずしてどうするの！　思い出作り万歳だよ！……それに、行き先のことを学んだり、自分の目で直接現地を見て学ぶフィールドワークの場だよ」

本音と建前の順番を間違えた。

もちろん勉強は大事だが、仲間との絆《きずな》は、将来の礎としても大切だ。おざなりにしてしまった私だからこそ、必要性を感じている。

「別に普段でも楽しめますし、今旅行に行かなくても自分で稼ぐようになったらいくらでも行けるでしょ」

「甘い！　社会人になったら、なかなかみんなで時間揃わなくなるんだから。北海道なんでしょ？　ソフトクリーム食べながら、クラーク博士の前で大志を抱いてきなよ！」

「……なんですか、それ」

幸希くんを微《かす》かに笑わせることには成功したが、顔を隠すように彼は立ち上がってしまった。部屋に入ってしまう前に、早口で伝えた。

「勉強も部活もできるだけ専念できるように時間作るから。もっと頼れるようになるから──」

「咲希、歯磨きしろよ」

「したよーぉ」

「嘘つけ」

振り向いた幸希くんは、複雑な表情をしていた。拒絶するような、懇願するような視線が心に残った。

「いただきます」

私が両手を合わせると、咲希ちゃんものろのろと手を合わせた。しかしフォークを持とうともせず、ぼんやりと座ったまま、足をプラプラと動かしている。

「咲希ちゃん、食べないの？　体調悪い？」

首に手を当てるが、熱くはない。咲希ちゃんは虚《うつ》ろな目で私を見上げ、ふるふると首を振った。

「咲希、具合が悪くないなら早く食べろ。時間がなくなる」

「いーやーだ！　眠い。お腹痛い。食べないの」

「咲希っ！」

怒鳴り声に、咲希ちゃんはびくりと身を竦《すく》めたが、負けじと幸希くんをにらみ返す。

「今日は保育園行かない。行きたくない！」

いつもの癇癪《かんしゃく》とは少し違うように見える。

「ねぇ、幸希く――」

話を聞こうとするが、幸希くんの苛立《いらだ》ちは止められず、勢いを増して咲希ちゃんにぶつけられる。

「咲希、いいから早く食えよ！」

幸希くんは無理矢理フォークを握らせようとしたが、振り払われた弾みで床へ落ちた。

「いい加減にしろっ」

「お兄ちゃんなんて、大っきらい！」

咲希ちゃんは椅子から飛び降り、ラグの上に突っ伏すと「ううぅ～」と唸《うな》っている。

幸希くんは重いため息を吐きながら、妹とは反対の床を見つめた。私は視線の先にあるものを拾い、テーブルへ置く。

リビングが静まりかえっても、咲希ちゃんはラグに顔を埋《うず》め、獣のようにぐるると息を吐いている。やはりいつもとは何か違うことがあったのではないか。

「咲希ちゃん、何かあったの？」

咲希ちゃんの横に両膝《りょうひざ》をついて覗《のぞ》き込む。横顔を少しだけ浮かせた彼女は、精一杯目を横に向けて私を見ている。にらみ付けるような形にはなっているが、まるでふてぶてしい猫のようで笑ってしまいそうになるのを必死にこらえる。

「……まいみちゃんが、ギョージャ作ったんだって」

「行者？」

「この前食べたでしょ。かなちゃん焼いたでしょ」

「あぁ、餃子《ギョーザ》」

それがこの癇癪にどう繋《つな》がっているのか。首を傾げていると、咲希ちゃんは手を振り上げ、パチパチと膝を叩《たた》く。

「まいみちゃんはママといっしょにギョージャ作ったんだって。そっちのほうがおいしいんだよって言ってた。なんでかなちゃんは作らないの？」

「作るって、タネから包むってこと？」

学生の頃は安くてお腹いっぱい食べられると、みんなでわいわい餃子パーティーを開催している友人たちはいた。しかし、私は参加したことがない。

そもそも、野菜を刻んだり、包んだりと面倒で小難しい工程が続くため、挑戦するにはハードルが高い。冷凍の美味しい餃子が巷《ちまた》に溢《あふ》れている現在、無理をして作る必要もないメニューだ。

「この間のも、美味しいって食べてたじゃない」

「ママは作ってくれたのに！　ママがいい！　ママのごはんが食べたい!!」

そして、私の膝に突っ伏しながら、ママを呼び、泣き叫び始めた。

張り詰めるような叫びに、胸がキリキリと締め上げられる。現状への不安と不満を理解できない苛立ちは、まだ悲しみまで届いていない。その幼さが、余計に心に迫る。

「……ごめんね」

誰が悪いというわけではない。それでも、その感情をどうにもしてあげられないことを、謝りたかった。

両親が突然消え、兄と一緒とはいえ、知らない家で初対面の女と、それまでと全く違う生活を送ることになったのに、不満も言わずに明るく過ごしていた。こんなに小さな身体に、寂しさと不安を押し込めているなんて、いたわしい。友だちとのケンカからホームシックになったところで、どうして叱ることなどできようか。

そっと幸希くんに目をやった。彼は言葉を失い、佇《たたず》んでいる。何を感じているのかはわからないが、ショックを受けているのは見て取れた。

必死に頑張って世話をしていることの無力感か、妹の健気《けなげ》さに気付けなかったことへの罪悪感か、きっと複雑な思いが駆け巡っている。けれど、こどもたちがそれぞれの理由で動けなくなっているのは、私の力不足だ。

「ここはいいから、幸希くんはもうそろそろ出る時間じゃない？」

幸希くんはハッと時計を見上げ、迷うように視線を彷徨《さまよ》わせた。

私は何も起きていないように、「ほら、早く」と彼を急《せ》き立てる。

彼は真面目で一生懸命だからこそ、突き詰めて考えてしまうだろう。妹の言い分もきっと真っ向から受け止めてしまうが、咲希ちゃんが我慢してきたのだって、きっと大好きな兄のためなのだ。

無意味に衝突をしてしまうことが、あまりにも悲しい。

幸希くんは後ろ髪を引かれながらも、頭を下げて出て行った。玄関の閉まる音を聞いて、咲希ちゃんはうつ伏せのままぎゅっと拳《こぶし》を握りしめ、むずむずと足を動かしている。兄が本当に一人で行ってしまったことに、狼狽《ろうばい》しているのかもしれない。

「咲希ちゃん」

声をかけると、彼女はびくりと身じろぎする。私は堅く握られている拳を優しく包み、ゆっくりと開かせる。

「今日は、保育園お休みする？」

咲希ちゃんは、窺《うかが》うように私を見上げた。

「……いいの？」

どんなに幼くても、逃げたいほど辛《つら》いことはある。それは悪いことではないと、知っていてほしい。

「お仕事が始まったらできないから、今日は特別ね。何したい？」

小さな声で唸りながら、咲希ちゃんは床を転がった。そしてガバリと身を起こす。

「さきちゃんねぇ、おなかすいた！」

「じゃあ、朝ごはんを温めなおそうか」

レンジで温めたごはんを咲希ちゃんの前に置くと、彼女は軽快に食べ始めたが、すぐに手を止めた。目が微《かす》かに潤んでいる。

「……お約束まもれなくてごめんなさい」

「いいよ。明日《あした》は一緒に食べようね」

努めて明るく言うと、フォークに刺したウインナーを見つめて、ごはんに目を移し、最後に私を見つめながら口に運んだ。

「ママは元気がないときには、オムライスを作ってくれたんだあ」

「咲希ちゃんはオムライスが好きなの？」

にこやかに聞きながら、ドギマギする。まさかまさかの流れだ。

オムライスは、チキンライスやバターライスを卵でくるんだものだが、黄色の布団のような丸いフォルムや、切るとトロッとした中身がこぼれ落ちるなどの出来映えが重要なメニューだ。卵焼きすら満足に作れない私が、オムライスをきれいに作れるはずもない。

「お姫さまのドレスみたいなやつなんだよ」

「どっ⁉」

ただでさえ鬼門の卵料理に、ドレスですと⁉

三段のとび箱も跳べないのに、七段を跳べと言われているような無理難題だ。そんなの私に作れるはずがない。

……それでも、期待に輝く目をした咲希ちゃんを裏切りたくもない。

わなわなと震えながら、朝食の片付けをして、彼女のリクエストがどんなものを指しているのかをタブレットで検索する。

「あ、これだよ！」

咲希ちゃんが指した写真を見て、ごくりと唾《つば》を飲み込んだ。

切り開くタイプではなく、ごはんの上に載せるタイプのもののようだ。美しいドレープを描く黄金は、踊っている最中のドレスのようにふわりと広がっている。

《ドレス・ド・オムライス》

その名の通りの料理だ。

いやいやいや、オムライスなんて最低チキンライスと卵があればいいのに、なんでこんな優雅なものにしないといけないの、無理無理無理……。

「これは、これはなあ～……」

作り方すら想像できない私が挑戦するには、数年早いのではないか。しかし、置いて行かれる子犬のように眉尻《まゆじり》をしょぼんと下げた咲希ちゃんに、そんな悲しい言葉を告げられない。

どうする？　どうする、私!?

「できない？」

写真にもう一度目を向けた。一瞬のうちに様々な考えが頭を過《よぎ》る。ぎゅっと目をつむり、すぐに咲希ちゃんを見つめる。

「挑戦してみるよ。でも、この写真みたいにきれいにできる自信はないの。それでもいい？」

「うん、いいよー」

咲希ちゃんが理解しきっているとは思えない。うまくできなかったときには、違うと泣くかもしれない。しょんぼりさせるのは間違いないだろう。

それでも、目を逸《そ》らしてしまうことは、もうしたくなかった。

次の日には、何事もなかったかのように咲希ちゃんは登園していった。私は移動時間や食事の合間にレシピ動画で『ドレス・ド・オムライス』の作り方を調べ、夜な夜な卵のドレス制作に励む。

しかし、裁縫のようには上手《うま》くいかない。どんなに動画の通りにやろうとしても、途中で破れてしまったり、穴が開いてしまったり……黄金色になるはずのドレスは、必ず黒か茶色の染みができてしまう。

卵一パック分を自分の腹に収め、水曜日がやってきた。

行き先は電車で数駅先にある店だったので、結人くんが車で迎えに来てくれることになった。不動産の案内は車で回ることがほとんどなので、運転できるのは当然だろう。しかし、遊んでもらっていた頃はわいわいと歩くのが当然の年齢だったので、懐かしくもあり新鮮でもある。

「新都心《しんとしん》の駅って、あんまり降りたことないんだよね」

「住み心地がいい街だよ。買い物も一通りできるし、再開発も進んでるし」

結人くんはショッピングモールに車を止め、すぐ近くの店だと言った。中へ入ると和風な佇まいだが、メニューに書かれているのはフレンチだ。

説明を聞くとバラバラに思えるが、室内もお庭もお料理も調和している。

ごはんを食べることは面倒と思うことが多かったが、嫌いだというわけではない。

でも、《美味《おい》しく食べる》ということまでは気が回らないことが多い。

今まで私にとっての食事というのは、動くために必須《ひっす》となる栄養分を摂取するものであり、交流の場であった。食べること自体に意味や楽しみはなく、一人で摂《と》るときにはささっと済ませるか、何かをしながら食べることが常になっていた。「これを食べたい」と思うこともあるが、すなわち「この栄養分が足りないんだな」という指標と考えるし、とりあえず摂取しておくものという考えがなかなか抜けない。

目に入る和風庭園も口に広がる料理も贅沢《ぜいたく》で、お腹だけではなく心も満たされた。料理を味わうということは、ただ身体に栄養を入れるというだけではなく、目に入るものも合わせた芸術なのだという店の矜持《きょうじ》が伝わってくる。

咲希ちゃんの望むオムライスが、目にも楽しいものであることが大切だということも納得した。が、必要性がわかっても、すぐに上達するわけではない。

「ふわふわっと広がるドレスみたいなオムライスをさ、咲希ちゃんが食べたいって言うんだよね。でも何度やっても上手くできなくて」

結人くんは頭に思い浮かべたようで、あぁ、なるほどと頷《うなず》いた。

「卵料理って難しいよね。いきなり挑戦するよりも、他のものじゃダメなの？」

「ドレスのオムライスは、咲希ちゃんと従姉《いとこ》の思い出のメニューなんだって……このままじゃ思い出を汚してしまいそうな気がして……」

「そうかぁ……。よかったら、僕が作りに行こうか？」

結人くんと由貴緒のご両親は健在だが、二人とも家業で忙しく、おばあちゃんの身体が悪くなってからは、結人くんが料理を行うようになった。

勉強家である彼は、それが与えられた役目であっても、本当に楽しそうに追求し始める。料理もすぐに上達した。のみならず、新しいレシピやお菓子などにも挑戦し、よくご相伴にあずかったものだ。彼ならきっと、完璧《かんぺき》なドレス・ド・オムライスを咲希ちゃんに出すことができるだろう。

心は揺れるが、首を振った。

「まだ始めたばかりで、無謀だってわかってる。でも、これは人に頼っちゃいけないことなんじゃないかなって思ってて。それに、まだ……」

せっかく言ってくれたことなのに、上手く甘えることができない。与えられた好意を素直に受け入れられないのは、私も幸希くんと同じだ。しかし、結人くんはこだわりなく、うんうんと優しく首肯いた。

「そうか。なら、練習に付き合うよ。横で見ていたら、何かコツとか教えられるかもしれないし」

「え？　結人くんが教えてくれるのは心強いけど……」

結人くんは今のところ社員という立場ではあるが、ゆくゆくは高梨不動産を継ぐのだろう。繁忙期でなくても、仕事の他に覚えることもあるはずだ。それなのに、私のつまらない意地に時間を使わせていいのだろうか。

悩んでいると、彼は慌てたように言った。

「あ、ごめん！　別に無理に家に押しかけようとは思ってないよ!!」

「え、あ、違う違う！　私なんかに無駄に時間を使わせていいのかなあって。申し出は本当に嬉《うれ》しいよ」

二人とも慌てているのが面白くなって、顔を見合わせて笑ってしまった。結人くんはグラスに目をやると、少し言葉を探すように言った。

「私なんかっていうのは、あんまり言わないほうがいいよ。彼方ちゃんが自分に自信がないというのは知ってるけど、大事な人を侮られているみたいで悔しくなる」

切ない顔をした結人くんに、私は返す言葉を見つけられない。

おそらく、彼が言ったことは的を射ている。

きっと私は自分を軽視しているのだ。

自分だけにしかできないということは何もない。代わりなど、どこにでもいる。いつでもそう考えてきた。だからこそ、失った人にも場所にも、固執せずにすっと諦《あきら》めがつくのかもしれない。嫌な処世術だ。

でも、咲希ちゃんや幸希くんと共に朝ごはんを摂るようになってから、今までのように身軽に居場所を移すようなことはできないことを実感している。代わりになる人物はいるのかもしれない。でも、それを寂しいと思うのだ。

「ありがとう。土曜日の朝ごはんで作るつもりなんだけど、教えてもらえそうな時間はあるかなあ?」

「そうだなあ。あんまり夜にお伺いするのも悪いし、もし彼方ちゃんの都合がよければ、今日の買い物の後が一番いいのかも」

「それじゃあ、この後修業のお付き合いまでお願いします」

おどけて言うと、結人くんは任せろ! と胸を張った。

家に足りないキッチン雑貨や、少しおしゃれなお皿などを見て回り、車で来ていることに甘えて、グラスセットまで買ってしまった。インテリアが好きなのだから、食器だって見てしまえば心惹《こころひ》かれるのは当然だ。

最後にスーパーへ寄り、追加の卵や足りない食材を買って帰り、エプロンの紐《ひも》を結んで気合いを入れた。

卵をかき混ぜるところから、味付けであまり砂糖を入れすぎると焦げやすくなることや、スピード勝負であることなどを結人くんに教えられ、湯気の立ったフライパンに卵を流し込む。卵焼きの作り方で覚えたように、菜箸《さいばし》でフライパンの上をかき混ぜ

ようとすると、

「あっ、これはかき混ぜないで！　端が固まってきたら真ん中辺りまで摑《つか》んで」

「えっ、あ、そうだった⁉」

思わず大声で返すが、すでに卵は固まってきており、ドレープは作れそうにない。普通のオムライスに流用するにも板のようになっており、チキンライスを包むこともできない。錦糸卵《きんしたまご》にするには分厚いし、細く切るのも至難の業だ。

「あぁ〜……」

せっかく師匠が付いてくれているのに、自分の不器用さにがっかりだよ。

「一つ失敗の元がわかったんだから、もう一回やってみよう。練習あるのみだ！」

しかし、その次は箸で摘まんだ横から流れ出る卵に驚いて箸を放してしまい、その次は卵がなかなかフライパンから剝《は》がれず焦げてしまい、その次は……ついに買ってきた卵もなくなり、使い道のない「薄っぺらい卵焼き」の山ができあがった。

励ましの鬼と化していた結人くんも、次のアドバイスを考えあぐねている。

「味付けを失敗するよりはいいよ。おばさんのごはんも美味しかったし」

でも料理は見た目も大事だよねと呟《つぶや》くと、彼は困ったように笑う。

つくづく、料理を避けてきた時間が惜しくなってくる。しかし、嘆いていても時間は戻らない。

「……これはもう、諦めるよ。これ以上卵を無駄にするのは忍びない」

これまでよほど心配させてきたことはわかるけど、罪悪感を抱くほど悲しそうな顔をしないでほしい。

「全く諦めるわけじゃなくて、ちょっとやり方を考えてみる」

「やり方？」

「結人くんが言ってくれたでしょう。違う形じゃダメなのかって。お昼に行ったレストランでも、料理を楽しむ方法っていろいろあるんだなって思ったんだ。ただ諦めさせるんじゃなくて、私が作れて咲希ちゃんも楽しめるオムライスにできないか、考えてみるよ」

がっかりはさせるだろう。けれど、従姉との思い出の料理であるだけに、失敗作を出すことは躊躇《ためら》われるのだ。料理の技術を比べるわけではないが、残念な見た目は、二度とあのオムライスを食べられないという記憶にすり替わってしまう気がする。

「そうだね。半熟の卵を載せるだけとか、ラップでおにぎりみたいに包んじゃうとか、失敗をリカバリーする方法もあるし。咲希ちゃんが気に入ってくれるものを作れるように、応援してるよ」

結人くんは私の頭をポンポンと撫《な》でた。こどもの頃に戻ったようで、少し照れくさい。大人になってからは、こんな風に褒められることなど、滅多にない。

結人くんや由貴緒の前で泣いたことは、こどもの時分からほとんどなかったと思う。悲しいことや辛《つら》いことを表に出すのを堪《こら》えていたはずなのに、二人はすぐに気付き、言葉よりも態度で慰めてくれた。

「結人くんは、本当に昔から変わらないよね。お母さんみたい」

「お、お母さん？」

男性にとっては微妙だったろうか。だけど、私にとっては褒め言葉なのだ。

「なんかこう包容力というか、安心するってことだよ！」

……却《かえ》って落ち込ませてしまったようだ。結人くんは力なく笑ってくれたが、それは私の本意ではない。

「結人くんや由貴緒みたいに、励ますのが上手《うま》かったら、幸希くんも頼ってくれるようになるのかな」

まだ従姉《いとこ》夫婦が亡くなってからたったのひと月で、環境も何もかも違う場所で、不安や葛藤《かっとう》を抱いているのは当然だ。それでも、私がもう少ししっかりしていたら、幸希くんも落ち着いて自分の未来に向き合えるのではないだろうか。

「この間も言ってたね。高校二年生かぁ。行事もいっぱいあるし、受験するなら大学も具体的に決める時期だもんな」

「私がまだ『同志』のスタート地点にすら立ててないから、幸希くんは一人で戦わざるを得ないの。でも、私は人付き合いが下手だから」

環境が変わると、自分自身に何の変化がなくても、周りの視線がそれまでとは異なっていった。腫《は》れ物に触るような付き合いに嫌気が差し、自分から人に近付くことをやめた。

中学ではなんとか人間関係を築こうと頑張っていたのだ。しかし、思春期に入った私たちは、純粋で、狡猾《こうかつ》で……裏切られ、陰で貶《おとし》めるような関係性ならば、却ってないほうが心穏やかに過ごせると思い込んでしまった。

高校からは自分のことを詮索《せんさく》されるような付き合いを避けていたら、由貴緒や結人くん以外には、本音を話せる相手はいなくなっていた。代わりに、相手に踏み込むこともなかったがために、どのように本心を引き出せばいいのかわからない。

「私の境遇に二人を重ねて見てしまうから、余計に、私のようになってほしくないなあと思うんだけど。教えられることがないなあ」

私の言葉に、結人くんはため息を吐く。

「僕から見たら、幸希くんも彼方ちゃんも難しく考えすぎなんだよね。でもそれは二人が情の深い人だからだと思う」

人と積極的に交わることが少なく、深い親交を恐れた私に人情味があるとは思えない。幸希くんは友だちも多そうだし、人望もありそうだけれど。

目を瞬《しばたた》かせると、結人くんはくすりと笑う。

「狭く深く、大切な人を大事にするから、認めた人にはとことん気を許すし、守ろうとする。だから傷つけることが怖いんじゃないかな。それは上手いとか下手とかじゃなくて、人との付き合い方の違いだよ」

私の表情を読み取ったのか、結人くんは説明を重ねてくれた。なんとなく納得できる話に自然ともっていけるのだから、その手腕を見習いたい。

「つまり、近道はないってことだよね」

人それぞれに人との付き合い方が違うなら、方法は自分で見つけないといけない。レシピもガイドブックもない。

私自身が、幸希くんに認めてもらわないといけないのだ。保護者としてではなく、一人の人として。

好かれようとして特別な何かを行っても、それで彼が心を許すようになるとは思えない。却って警戒されるか軽蔑《けいべつ》されることが容易に想像できる。

「こんな大人になってから、信頼してもらうことの難しさに悩むとは思わなかった。まずはやっぱり朝ごはんのレベルアップ、いやいや、咲希ちゃんとなるべく遊んで、勉強できる時間を作った方がいいのかな……」

結人くんはおかしそうに笑い声を立てた。

「そのままにしていたら大丈夫だよ。何も気負わず、ね。無理してる人を見ても、もっと頼ろうなんて思わないだろう?」

「……確かに」

「一緒にいたら、彼方ちゃんの魅力は十分に伝わるよ。こんなに懸命で、温かくて、ひたむきで──」

「すいません、いちゃつくなら他でやってもらえますか?」

ドアが開く音とともに、幸希くんの呆《あき》れた声と冷たい視線が突き刺さる。

自分のことと思えない褒め言葉と、侮蔑《ぶべつ》の視線。両極端の反応に冷水を浴びせられたような気持ちになる。ついさっきの決心が吹き飛んでしまいそうだ。

「かなちゃんただいまー。あ、ゆーとくんだ。どうしたの?」

「おかえり、咲希ちゃん。お手紙、楽しみにしてたよ」

「そうだった! 今取ってくるね!」

「こら咲希、まずは手洗いとうがいしろ」

咲希ちゃんはあちこちに走り回った後、くんくんと鼻を動かした。

「なんかいい匂いするね」

「結人くんはお料理上手だから、教えてもらってたんだよ」

咲希ちゃんは目を輝かせて結人くんを見上げた。

「さきちゃんも、ゆーとくんのごはん食べてみたい！」

結人くんは返答に困った様子で私を見る。結人くんが、ここで料理を作れない理由を。まだ話していない。まだ、言えない。結人くんは小さく首肯《うなず》き返した。

私が小さく首を振ると、結人くんは小さく首肯《うなず》き返した。

「また、いつかね。今日はもう帰るから」

「え〜!? じゃあ今度ぜったい作ってね！　ぜったいだよ！」

咲希ちゃんは一緒に結人くんを玄関まで見送るが、名残惜しそうに彼の手を繋《つな》いでいる。素直に感情を出すことは簡単なことのはずなのに、私にはとても難しい。

迷った挙げ句、結人くんに告げた。

「また、相談してもいいかな」

結人くんに頼み事をして、断られたことがない。それに甘えていいものかと散々悩んできた。それでもきっと、彼に相談せずにこの生活が破綻《はたん》を迎えてしまったら、彼は悔やみ、自分を苛《さいな》むだろう。

結人くんは心底驚いたというように目を丸くしながらも、満面に笑みを浮かべる。

「もちろん。いつでも飛んでくるよ」

咲希ちゃんは玄関から顔を覗《のぞ》かせて「ばいばーい」としばらくの間手を振っていた。

リビングへ戻り、大切な話があると告げる。

「ごめんね、咲希ちゃん。やっぱりドレスのオムライスは、私は上手く作れなかった」

咲希ちゃんはすうっと深く息を吸い込み、そっかぁ、とのんびりとした返事をしてくれた。でも、眉《まゆ》はしょんぼりと下がっている。その落ち込みように心が痛む。

幸希くんは冷めた目で、洗面所へ行ってしまった。

「その代わりに、一緒に新しいオムライスを考えよう」

咲希ちゃんは首を傾げながら、私を見上げた。

「あたらしいオムライス？　さきちゃんが考えるの？」

「うん。私が作れて、咲希ちゃんが楽しくなれるオムライス。そうだなあ……お花の絵を描くとか。咲希ちゃんが好きな黄色いものって何がある？」

連想ゲームのように二人で黄色いものを挙げていくと、咲希ちゃんは楽しそうに画用紙を引っ張り出した。

「オムライスのおえかきすると楽しいよ。かなちゃんも描いてー」

テーブルの上に画用紙を広げ、意見を出しながら、二人で色を走らせる。到底できそうにない案も出たけれど、笑いながら次から次へと想像のオムライスを作っていく。

洗濯機を回してきた幸希くんは、呆れたような視線を向けつつキッチンへ向かい、「なんですか、これ」と、驚きの声を上げた。彼はオムライスになり損ねた卵の山に眉を顰《ひそ》めている。慌てて言い訳を口にした。

「これは、今日の夕ごはんに使わせてもらうから！」

ものすごく疑わしそうだ。

食べられないほど焦げた分は処分してしまったが、それでも一パックの半分以上はある。味はまずくないが、このまま食べるには味気ない。確かに、どう食べるのかは問題だ。

えーと、と言葉を濁しながら、今までに食べてきたものを必死に思い出す。料理はしてこなくても、食べることに興味はなくても、様々なものを食べてきた。

記憶を絞り出せ。何かひらめけ、私！

「あ！　かに玉とかどうかな。カニカマのあんかけ作ってかけるの」

我ながらナイスアイデアだと自分を褒めたくなる。検索せずに思いついたなんて、少し料理のレベルも上がってるんじゃない？

幸希くんもなるほど、と納得したような顔をした。しかし、すぐに眉間《みけん》に力を込めた。そんな、わざわざ表情を作らなくてもいいのに。

「いいんじゃないですか。咲希も好きですよ」

咲希ちゃんが好きだという言葉にほっとすると、彼はそのまま料理を始めようとする。私は慌てて幸希くんを押しとどめる。

「料理は、私がやるから！　幸希くんは勉強とか、咲希ちゃんの相手をお願いします」

不審がりながらも幸希くんが椅子に着いたことに安堵《あんど》する。よし、と気合いを入れて、再びキッチンに立った。

カニカマをあんに混ぜたかに玉もどきは、意外なほどに美味《おい》しくできた。

「かなちゃん、またこれ作って！」

「いいよ」

美味しいと言ってもらえることは、こんなに嬉《うれ》しいことなのか。多幸感に包まれたままお皿を洗っていると、思わず鼻歌が出ていた。我ながら浮かれすぎだ。

心地よい気分のまま、お風呂《ふろ》に入った後、再び咲希ちゃんとオムライスのアイデアを練り直し、作ることができそうなものにまとめることができた。

寝る直前、私は咲希ちゃんに宣言をした。

「土曜日、頑張ってオムライスを作るから、楽しみにしててね」

土曜日の朝、私はいつもの休日よりも少し早く起きた。やや遅れて起きてきた咲希ちゃんが、自分も作ると言い始めた。

「うーん。待っててもらえるとありがたいんだけどな」

「だって、さきちゃんもやりたい。さきちゃんのだもん」

咲希ちゃんが手を入れても支障のない工程はなんだろう。

「じゃあ、咲希ちゃんと幸希くんの分の仕上げをしてもらえる？」

「うん、わかった！」

チキンライスには、冷凍のみじんぎりタマネギと、ウインナーを入れる。大きさは揃ってないけれど、そこまで気になるものでもないだろうと諦《あきら》めた。できたものを、お団子のように丸めておく。

卵をまとめてかきまぜ、それぞれのマグカップにだいたい三等分にしておき、湯気の立つフライパンに流し込む。軽くかき混ぜ、すぐに火を止めた。フライ返しで破かないように慎重に取り出し、広げておいたラップの上に載せる。

その上にチキンライスの丸い塊を載せ、おにぎりのように包み込む。多少破れたりもしたが、なんとか団子のようなオムライスを作ることができた。オムライスに小さく切ったのりとにんじんを貼り付ける。咲希ちゃんも自分の分を作ることができ、満足そうに顔をほころばせていた。

レトルトのホワイトソースを流し込んだ皿にオムライスを載せると、咲希ちゃんと考えた『ひよこのオムライス』が完成した。

「お兄ちゃん起こしてくる！」

一人になった隙に、昨日作っておいたミートボールを卵のように脇に添え、マグカップを洗う。

インスタントのコーンスープと共に並べていると、咲希ちゃんが幸希くんの腕を引っ張るように部屋を出てきた。

「お兄ちゃん、さきちゃんも作ったんだよ！　はやくきて！」

気乗りしない様子でやってきた幸希くんだが、テーブルに近付くと目を瞠《みは》った。彼には少々かわいすぎるだろうメニューになってしまったが、うんざりしているという様子ではない。目を瞬《しばた》かせ、心底驚いたという表情で私を見た。

少なくとも、この朝ごはんを嫌がっている様子はない。お皿を覗き込んだ咲希ちゃんも、目を瞬かせた。

「えー！　たまごがいる!!　なんでぇ？　生まれたの!?」

咲希ちゃんは椅子によじ登るように座り、「はやくはやく」と私たちを急《せ》かす。

「それではみなさん、ごいっしょに」

咲希ちゃんのかけ声に、三人揃って手を合わせる。

「「「いただきます」」」

ひよこの形をしたものを崩すのは少々躊躇《ためら》われるが、スプーンをそっと差し入れた。

半熟の状態で火を止めたので、卵は柔らかくできている。チキンライスと共に口に入れると、塩気と甘みがお互いを引き立てあい、まろやかな味わいとなっている。

これは……。

「うまい」

小さな呟《つぶや》きに顔を向ける。幸希くんはハッとし、何も言っていないふりをして、皿に目を戻した。けれど、その眉は無理に寄せられており、口元は緩んでいるのを見て、思わず私もニヤニヤしてしまう。

咲希ちゃんには本当に聞こえていなかったようで、かわいいひよこが無残になるのも気にせず次々と口にスプーンを運んでいる。焦りすぎて喉《のど》に詰まらせるのではないかと声をかけると、口の周りを白くしたまま、にんまりと笑った。

「ドレスのオムライスはママのだけど、ひよこさんのオムライスは、さきちゃんとかなちゃんの二人のものだよね！」

咲希ちゃんが全身で喜びを表すのを見て、幼い頃の思い出が蘇《よみがえ》る。

母が料理をしている背中を見ることが好きだった。父が生きていた頃、テーブルはいつも料理で華やかに彩られ、食事はワクワクする時間だった。その日の予定やテレビで流れていることについて話したり、一日の出来事を報告したり、みんなが座って同じ事をしているという時間が大事だったのだ。

「もっともっと美味しいごはんを作れるように練習しないと」

二人の一日が楽しいものとなるように。

「食べたいものがあったら、なんでも言ってね。作れないものでも、こうやって、試行錯誤していこう」

　咲希ちゃんの口の周りのホワイトソースを拭《ふ》いてやると、彼女は夢見心地で呟いた。

「本物のひよこさんを見に行きたいなー」

「じゃあ、今度動物園に行こうか」

「いいの？　やったー！」

　咲希ちゃんは手をひらひらと動かし、謎の踊りで喜びを表現し始める。

　食べ終えた皿をじっと見つめていた幸希くんは、飲み干したはずのスープカップに再び口をつけた。空であることに気付き、すぐにテーブルに戻す。

「……修学旅行先にも、大きな動物園があったな」

「さきちゃんも一緒に行きたい！」

「連れていけないけど、お土産買ってきてやるから、何がいいか考えておいて」

　何がきっかけかはわからないけれど、幸希くんの意志を和らげることができたようだ。安堵と嬉しさで口角が上がることを隠しきれない私を見て、彼は言い訳のように言葉を連ねる。

「今からだとキャンセル料も全額返ってこないし、休んだときのレポートも面倒くさそうだし、みんなにいろいろ勘ぐられるのも変な噂が立ちそうだし――」

「うんうん、そうだね。咲希ちゃん、いつか一緒に北海道行くために、楽しいところをいっぱい調べてきてもらおうね。幸希くんがいない間、咲希ちゃんは私と楽しいことして待っていよう」

幸希くんは再び空のスープカップを口に運んでいる。その耳が真っ赤に染まっていた。

結人くんにオムライスの顛末《てんまつ》とお礼のメッセージを入れると、昼間に電話がかかってきた。何かあったかなと思いながら通話ボタンを押す。

「結人くん、この間はありがとう。おかげさまで、咲希ちゃんも喜んでくれたよ。また改めてお礼させてね」

『別にたいしたことしてないし、お礼なんて大げさだよ。写真見たけど、かわいくできてたね』

「幸希くんも修学旅行に行く気になったみたいだし」

『学生の間にしかできないことって、やらないと大人になってから後悔するしね』

なんだか実感のこもった発言だ。誰にでもそういうものはあるのだろうけど、一つでも心残りは少なく過ごしてほしい。

「別に気にしないのに、急に意見を翻したのが恥ずかしかったみたいで、幸希くんの耳が真っ赤になっててさ。なんだかかわいかったよ」

いつもは無愛想で塩対応な彼が見せた微笑ましい反応だ。少しだけでも打ち解けてくれたのかもしれないと思って、口元がにやにやしてしまう。

結人くんも面白がってくれるかと思ったが、ふぅんと素っ気ない相槌《あいづち》が返ってきた。意外な反応だ。

『彼が冷たいのは、本音の裏返しなんじゃない？』

「……実は信頼してくれてるってこと？」

『本当は彼方ちゃんと仲良くしたいと思ってるってことだよ』

「それなら、嬉《うれ》しいけど……」

幸希くんの様子にそんな素振りはない。ただの意地と、不信によるつれない態度だ。

『……さっきお礼はいらないって言ったけど、ちょっとお願いを聞いてもらってもいいかな』

「私に出来ることならなんでも」

『じゃあ、今度ブライダルフェアに付き合って』

「え、ブライダルって？」

それはいわゆる結婚式のための見学会なのか、それとも私の知らない「ぶらいだるふぇあ」的な響きの何かがあるのか。頭が「？」で埋まり、フリーズしてしまった。

「結人くん、それって――」

『来週の木曜日の十時に迎えに行くから。ちょっと余所《よそ》行きの服装でよろしくね』

結人くんは要件を言い切ると、返事を待たずに切ってしまった。彼らしくない性急さだ。

「……どういうこと？」

混乱に取り残された私は、スマホを持ったまま、しばらくその場に立ち尽くしていた。

三話　冷えた空気とまっ黒な希望の塊

腕時計に目をやる。

（あと五分……）

さっきから、一分間隔、否、一分と経たずに時間を確認してしまう。

最近履いていなかった七センチのヒールと足首で揺れるマーメイドスカートが、妙にくすぐったい。

結人くんは一体どういうつもりなのかな。ブライダルフェアだなんて。

え、付き合ってないよね？　この間はただの食事と買い物で、久しぶりに会ってから、そんな話になったこともない。もしかして、恋人が行けないからその代わり？

いやいや、結人くんに限って、そんなデリカシーのない真似はしないでしょう。

では、何の誘いなのか。

誘われた日から、ぐるぐると同じ考えばかりが頭の中を走り回っている。堂々巡りとはこういうことか。

結人くんの車が目の前に停まり、慌てて助手席に回った。

運転席の彼はフォーマルではあるが、いつものかっちりとした営業スーツより、少しラフな着こなしだ。

「突然こんなことに誘ってごめんね」

「……私はどうしたらいいの？」

「美味《おい》しいごはん食べながら、気軽に過ごしてくれたらいいよ」

結人くんは謝罪の言葉を口にするが、その意図を言う気はないようだ。しかし、気軽にということは、本気で結婚式場の見学をするというわけではないだろう。

やっぱりどういうことなのかは、わからないままか。

ため息を吐いて、助手席に背を預けた。


市内にあるハウスウェディング会場で、模擬挙式や模擬披露宴を見学し、豪華な料理を堪能《たんのう》した。相談会は用事があると言って早々に退場すると、結人くんは「じゃあ、次に行こうか」と言った。首を傾げながらも、大人しく車に乗り込んだ。

車が停まったのは、こぢんまりとした洋風建築の前だった。静かな様子から、どうやらフェアのはしごというわけではなさそうだ。

入り口は小窓の付いた木製のドアで、広々と開くようになっている。一般の住宅には見えないが、表札も看板もないため、何の建物なのか判別がつかない。鮮やかな黄色いコンクリート造りの建物は、一階の屋根がバルコニーになっており、掃き出し窓は優美な曲線を描くアーチ窓だ。

結人くんは私を促し、躊躇《ちゅうちょ》なく入っていく。外観はコンクリートであるにもかかわらず、中は木造となっている。ふかふかの赤い絨毯《じゅうたん》は心地よく、最近敷いたばかりのようだ。

二階に上る階段の前にいた人物が、ぺこりと頭を下げた。人が好《よ》さそうな、穏やかな男性だ。

「お待ちしておりました、高梨さん」

結人くんもそれに応《こた》え、私に紹介してくれる。

「この建物のオーナーさんで、近々ここを一軒家のウェディング会場としてオープンしようとしてらっしゃるんだ」

その言葉を聞いて、空間をぐるりと見直した。目をつぶってイメージを浮かべる。さぞかし素敵な一日になるだろう。

「リフォームを高梨不動産で請け負っていて、もう当初の予定の内装も済んでいるんだけど、なんかちょっと足りないって言われちゃって」

なるほど。気のよさそうなオーナーは、なかなか豪腕を振るう人物のようだ。「なんとなく違う」というのは、受注側にとって一番困る注文なのである。

結人くんは表情にこそ出さないが、閉口しているのがわかる。見て回る了解を取り、二人で建物内のツアーを開始した。

「いいなあ、こういうところで式を挙げたかった」

ぎょっとした結人くんに、苦笑を返す。

「一日にお金をかけるのは勿体《もったい》ないって言われちゃったんだ。今となっては後の面倒が少なくてよかったんだけど」

一瞬厳しい顔をして、結人くんは、

「それこそ勿体ない」

と、息を吐いた。首を傾げると、彼はなんでもないと苦笑した。

「でも、次こそ式を挙げたらいいんだよ」

「うーん、次なんてあるかなあ」

しばらくはそんなつもりにはなれないし、機会もないだろう。それでも、この場に立っていると、憧《あこが》れの気持ちが再び湧いてくる。素敵な会場になっているとは思うけれど、オーナーはどこが気に入らないのかを考えながら見て回る。

建物は元々大正時代に建てられ、時計などの舶来品を扱う小さな雑貨店のような商店だった。閉店してからは洋品店にはじまり、幾つかの商売を転々とした後、先ほどのオーナーが買い取ったらしい。

昔からそのままであったかのように壁紙も家具も泰然としているが、古めかしさはなく、建物の現役時代にタイムスリップしたような感覚だ。レトロモダンの落ち着く雰囲気で思い出を作ることができそうだが、確かにどこかしっくりとこない気もする。

一通り部屋を巡り終わり、吐息を漏らした。

小さいからこそ、ゲストを家族や仲のよい友だちに厳選して、温かな時が過ごせそうだ。パーティー会場としての貸し出しもするらしいので、何か機会があったらいいのだけど。

「今日は素敵なものを見せていただいて、ありがとうございました」

オーナーに頭を下げた。しかし、未《いま》だにここに連れてこられた理由がわからない。

「彼方ちゃんだったら、どこを変える？」

なるほど、意見を聞きたいっていうことだったのか。

「雑貨店時代の贅沢《ぜいたく》な空間もいいんだけど、現代ではどちらかというとこぢんまりとした会場だから、少し雑多にも見えてしまうんだと思います。奥行きとメリハリに気をつけて、移動させられるインテリアをもう少し増やしてもいいかと。あと、ウェディング会場なら、ブライズルームはもっと特別であるべきです！」

好きなように飾り付けをできるということをウリにしたいらしいが、ある程度のイメージがなければ、決め手にかけるだろう。

私の言葉に、オーナーは「ほぅ」と納得したような顔をし、鷹揚《おうよう》に首肯《うなず》いた。

「あなたになら、私も、ここで式を挙げる方たちも、満足のいくものにしてもらえそうだ」

結人くんとオーナーはいくつか言葉を交わして、揃って建物を出た。彼はふうと感嘆の息を漏らし、真剣な目で私を見つめた。

「彼方ちゃん、ここの内装の手直しをしてくれない？　もちろん仕事として」

急な依頼に、目を瞬《しばたた》かせる。結人くんを凝視すると、彼は困ったように笑った。

「立ち話ではなんだから、落ち着いて話せるところへ行こう」

場所を近くのカフェへ移し、私は近況を彼に知らせる。

就職活動は、ゆっくりと前進と停滞を繰り返している。現在は二つの面接が進んでいて、一つは大手のハウスメーカーで、一つは少し大きめな町の工務店だ。大手は残業が多く、休日出勤もあり得るため、今の私の条件では難しいと思っている。本命は工務店の方だ。営業での採用になるため、どこまでインテリアに関わることができるのかはわからないが、面接をしてくれた社長はとても感じがよく、子育てや介護のために融通を利かせている実績があり、残業もそう多くはない。

私の話に、結人くんはようやくコーヒーに口を付けた。

「仕事として頼みたいとは言ったんだけど、実際のところ、もう予算はそれほど採れないんだ。家具は大きく変えられないし、配置や小物でコーディネートしなおしてもらうようになるから、ほとんど今あるものを活用する厳しい仕事になる。オーナーも気に入ってくれたようだし、お願いできたら助かるけど、無理強いはしない」

確かにオーダーは技術がいることだが、腕がなる。仕事が決まったとしても、すぐにインテリアに関われるかわからない以上、実務に関われるチャンスをもらえるのは得がたい機会だ。

「どこまで応えられるかわからないけど、こちらこそよろしくお願いします」

高梨不動産に立ち寄り、予算や拘束時間などの詳しい話を聞き、後日正式に契約することになった。

立て続けに豪華な場所を巡った疲労はあるが、久しぶりに目の保養をした満足感の方が強い。浮き立つような気持ちのまま咲希ちゃんのお迎えに行き、二人で買い物をして帰った。

「今日もお兄ちゃん遅いの？」

「そうだね。でも文化祭は今週末だから、もうすぐ忙しいのも終わるよ。幸希くんのお祭り、一緒に行ってみようね」

「うん！」

幸希くんは咲希ちゃんのお世話や、家事を分け合ってくれるようになった。やはり文化祭の準備は忙しいようで、連日居残りのできるギリギリの時間まで学校に残っている。咲希ちゃんは少し寂しそうな時もあるが、そんな時は私を頼ってくれている。信頼を得られてきたようで、大変な反面、嬉《うれ》しくもある。

エプロンをしてキッチンに向かうと、咲希ちゃんが「お手伝いするー！」と後ろから抱きついてきた。

「お料理は危ないことも多いし、お腹すいて早く食べたいから私が作るね。咲希ちゃんは、お皿とお箸《はし》を並べておいてくれる？」

咲希ちゃんは少し頬を膨らませながらも「わかった」と首肯いてくれた。

食べ終わる頃に、幸希くんも帰宅し、遅れて一人でごはんを食べる。寝る準備を急いで済ませた咲希ちゃんが、食べている彼に今日の様子を聞かせるのが、最近の日課になっている。

忙しくても朝の出る時間は変わらない。みんなで食べることができる時間に起きることが暗黙のルールとなっていて、言葉数は少ないながらも、幸希くんも会話に参加をしてくれる。なかなか上手《うま》く回ってきたんじゃないかと、ごはんも美味《おい》しく感じるようになってきた。

あんぐりと口を開けた咲希ちゃんが、空を見上げている。正確に言えば、天高く延びているノートルダム大聖堂を模した門だ。校舎の上階からは垂れ幕が下がっており、ロッカールームまでの道には、立て看板が並んでいる。受付でパンフレットをもらう。今日は建物の内外問わず下足のまま移動していいらしい。

どこもかしこもお祭りの浮き立った空気に包まれており、咲希ちゃんの手を離したら、途端に迷子になること間違いない。

幸希くんの空き時間に少し案内をしてもらう約束をしたので、それまでは咲希ちゃんの行ってみたい場所を回ることにした。駄菓子屋や漫研の展示を見た後、カレーを出している店でお昼を食べ、幸希くんのクラスの出し物へと向かう。外の屋台ブースにいるということで、咲希ちゃんはスキップをするように私の手を引く。

ブースは混雑していたので人が少なくなるまで少し遠くから見守ることにした。お揃いのTシャツを着た数人がテントの中にいる。幸希くんはクレープを作る係だった。売り子の中に一人、見覚えのある子がいることに気が付く。以前学校の玄関口で罵声《ばせい》を浴びせてきた生徒だ。包み終えたクレープを彼に渡そうとした幸希くんは、襟を摑《つか》んで引き寄せられた。迷惑そうな顔をしながらも楽しそうだ。学校ではこんな顔をしているんだ。それを確かめられただけでも、来た甲斐《かい》がある。

咲希ちゃんは興奮が増したのか、私の手を振り払って屋台へ走っていってしまった。迷子になる距離ではないが、慌てて後を追う。

「クレープくださいな！」

屋台の前で、咲希ちゃんはつま先で背伸びをして注文をしていた。小さなお客さまに、男子高校生たちもデレデレと接客を始めるが、慌てたように幸希くんは魔の手から引き離す。一方で、私に対しては好奇心丸出しの視線が突き刺さった。

「交代の時間だろ、オレ行ってもいいよな」

「えー、さきちゃんのクレープは？」

餌を蓄えたリスのように、咲希ちゃんは両頬をぷっくりと膨らませた。

「バナナクレープを楽しみにしてたんだよね」

私の言葉に大きく首肯いた咲希ちゃんは、にらみ付けるように自分の兄を見つめる。彼は根負けしたように、妹を私へ引き渡した。そして、明らかに面倒そうに私にも聞いてくれる。

「……食べますか？」

「咲希ちゃんのだけでいいよ」

私の返答を聞いてテントの中へ戻り、クレープを作り始めた。その間、咲希ちゃんと一緒に質問攻めに遭うが、当たり障りなく応じていた。

幸希くんは作ったクレープを咲希ちゃんに渡すと、空いている手を引っ張ってテントから遠ざかる。

「おいし～い♡」

蕩《とろ》けるような顔をしてクレープに夢中になっている咲希ちゃんを守りながら、幸希くんは人混みをすり抜けていく。人の少ないベンチにたどり着くと、咲希ちゃんを座らせるが、もうクレープの残りは小さくなっていた。座ったことで気持ちも落ち着いたのか、咲希ちゃんは食べかけのクレープと私を見比べて、

「かなちゃんも、たべる？」

と差し出してくれた。ほとんど皮だけになっていても、その気持ちに頬が緩む。

「全部食べていいよ」

「わかった！」

口の周りをクリームとチョコレートでベタベタにしながら、咲希ちゃんは満足そうに「ごちそうさま」を告げる。

「いいよねぇ、こういうお祭り騒ぎ」

「なんかねー、さきちゃん嬉しい気分。かなちゃんも？」

佳《よ》き晴天。どこもかしこも、笑い声や満足そうな声が漏れ聞こえている。

「そうだねぇ、あとはビールかチューハイでもあれば、最高だな」

「……どこの親父ですか」

咲希ちゃんのクレープがなくなると、幸希くんは校内をあちこち案内してくれた。こどもが楽しめるゲームコーナーでは、咲希ちゃんがボールダーツに挑戦し、それを見守りながら、結人くんから任された仕事のことを話した。

「少し忙しくはなるけど、遅くなることはないし、二人に負担をかけるようなことはないと思う」

「別に……文化祭が終われば、また保育園のお迎えも家事も前と同じぐらいできますけど」

「そうだなあ、お迎えはお願いできたら助かるけど、ごはんは作るし、家事は今と同じぐらい分けてくれればいいから。幸希くんは勉強も頑張らないといけないし」

「……勉強が何よりも大事なわけじゃないですよ」

どういう意図の言葉だろう。気になったが、幸希くんの交代の時間が再びやってきたため、聞けずじまいになってしまった。

文化祭の余韻も落ち着かぬ間に、現実がやってきた。

珍しく幸希くんが口ごもり、何度もコップに口をつけてから言った。

「三者面談があるんです……保護者の都合を聞いてくるように、って」

苦々しい顔をしているけれど、心底嫌なのか、遠慮なのか。それでも私に告げたのは、きっと厳しく言われたのだろう。要注意家庭とみられているから、私が行かないと始まらないのは当然だ。

面談当日、幸希くんと並んで席に着くと、担任の女性教師は私に確認するような視線を向けた。その視線の意味を理解する前に、担任は幸希くんの成績の書かれた紙を取り出した。呼び出された時に見せられたものから、すでにV字回復を果たしている。

少し勉強時間を取り戻しただけでこれだから、本当に頭がいいんだな……。

感心していると、担任はテキパキと話を進めていく。

「このままの調子でいけば、第一志望の薬学部も難しくないと思いますが、気は抜かずに。橘くんの場合、勉強に向かう姿勢に問題はないので、あとはご家庭でも勉強に集中できるように環境を整えていただけると」

そこで私をチラリと見やる。

「橘くんの希望は研究職を目指す四年制の薬学部ですが、院に進むことが前提なので、どちらにしても最低六年間の学費が必要となります。失礼かもしれませんが、ご用意はできそうでしょうか？」

確かに重大な問題だ。幸希くんの進路希望を詳しく聞かせてもらったことがないので、六年間とは思っていなかった。考えていた費用の倍……いや、それ以上か。

頭の中で計算をしていると、幸希くんが先に口を開いた。

「薬学部は行きません。就職か、働きながら専門学校に行こうと思います」

幸希くんの横顔に振り向き、次いで担任に目をやる。担任も呆然《ぼうぜん》とした顔をしているので、聞かされてはいなかったのだろう。幸希くんはゆるぎない目つきで担任を見つめ返している。

「待って、待って、橘くん、就職って⁉ それはご家庭で話し合った結果ですか？」

止めてくれと、担任は私に目で訴えている。しかし、私だって初耳だ。頭を抱えながら後悔する。こんな大事なことを、後回しにするんじゃなかった。

「学費が問題なら、奨学金だってあるし、もう少し頑張って国立を目指せば私大文系より安くなる可能性だってあるのよ。第一、就職だって簡単なことじゃないの」

進学実績を確実に上げてくれるだろう生徒が就職と言い出したら、焦ってしまうのは仕方がない。しかし、保護者である私には実績よりも大事にするべきことがある。

「専門学校って、他に何かしたいことができたの？」

「えっと……それは、料理とか」

言い淀《よど》んだ様子からみても、具体的に考えた答えではないようだ。家では私が料理を抱え込んでいるが、料理に対する熱い気持ちなども見受けられない。

「そりゃあ学費はかかるかもしれないけど、元々は薬学部を志望していたんでしょ？将来的にも薬学部の方が安定性はあるだろうし、学力に問題がないのだから、今まで通りそれを目指すのが一番いいとは思う」

幸希くんは睨《ね》めつけるような目を向けてきたが、私は担任を見据えた。

「でも、幸希くんが本心から目指したい道が変わったというのなら、私はどんな道でも応援します。無責任なことを考える人じゃないと信頼してるので」

担任は裏切られたという顔をしている。親であれば、堅実な道を勧めると思っていたのだろう。「でも」「待って」など、文章にならない単語を発している。反対に、幸希くんは思わぬ援軍に目を丸くしている。

「もうこどもではないので、彼も金銭的な問題から目を背けて将来を決めることはできないと思います。今は惑わせてしまうことが多い環境で、私では充分相談できなかったのかもしれませんが、進路についてはもう少しゆっくり話し合いたいと思います」

担任はほっとしていいのか、もっと厳しく止めた方がいいのかと迷っている表情だ。しかし幸希くんの本心がどこにあるのかわからない以上、私にはもう言えることはない。担任が戸惑っているうちに、退場することにした。

他に用事はないため、並んで帰り道を歩む。幸希くんはまっすぐ前を見つめているが、気持ちが私に向いているのがヒシヒシと伝わってくる。

「料理の専門学校に行きたいって、あの場で考えたの？」

そう切り出すと、幸希くんは一瞬視線を漂わせた。そして、むうっと唇に力を入れている。その顔は咲希ちゃんがむくれている時にそっくりだ。

「……クレープを作ってみて」

「文化祭の？」

聞き返すと、彼はこくりと素直に首肯《うなず》いた。

「最初は難しかったんです。なかなか薄く綺麗《きれい》に焼けなくて。生焼けになったり、焦げたり。でもやっていくうちにだんだん上手《うま》くなっていくのが楽しくて。……朝ごはんを作ってくれてるのも、はじめはこんな感じだったのかなと、思って……」

私が朝ごはんを作り始めた時も、散々なものだった。とてつもない失敗は私の昼食か、どうしようもなくゴミ箱行きになっていた。出さざるを得ない失敗作でも、幸希くんは不満を漏らすことはなかった。

思い返せば、最初は箸《はし》の進まなかった彼の食欲が、だんだん恐ろしいぐらいに増えていったのは、もしかしたら食欲だけの問題ではなかったのかもしれない。

「できないことができるようになるのは、楽しいものだよね」

反発しながらも見ていてくれたことは、素直に嬉《うれ》しかった。

「でも単純に楽しかったってだけで、将来を決めるのは止めた方がいいと思う。学費は、まあいざとなったら奨学金を借りてもらうかもしれないけど、そういうのは置いといて、もう一度進路のことは考えてみて。ちょっとしたことでも、相談してくれると嬉しい」

「……あなたは、どうやって進路を決めたんですか？」

私がインテリアデザイナーを目指したのは、大学に入った頃だ。母も亡くなり、将来を守ってくれる人はいなくなった。具体的な将来を描かねばという必然性から、他の学生よりも動き出しは早かった。長い仕事人生を考えた時に、飽きずにやっていけると思ったことが、インテリアデザインの仕事だった。

「小さい頃から一人で過ごすことが多くて、暇な時間はよく模様替えとか、収納を考えたり、自然と家を自分で使いやすいように整えてたんだよね。一生働いていくなら、いろんな家を、住む人にとって心地いいものにする仕事がいいなあって」

幸希くんは関心の薄いような生返事をしたが、真剣に何かを考えている目で足元を見つめていた。

面談が終わる頃には、本格的に結人くんから頼まれた仕事に取りかかっていた。彼の言葉通り、使える経費は本当に少なく、小物ですら最低限しか買うことができない。しかし、家具の配置や魅せ方によって、見学したときよりもロマンティック、あるいはクラシカルな時間を過ごせるようにはなったと思う。

オーナーと共に経営するという彼の娘が、感嘆の息を漏らしてくれた。

「ずいぶん素敵にしてもらったわねぇ」

「階段や置物に花やリボンの飾り付けをしたり、テーブルが少ない時にはバルーンアートを置いたりというのをオプションにできるよう、動線を変えやすくしています」

「オプション、いいわね。会場が小さいからこそ、その日だけは自分の城のようにしてほしいと思っていたのよ」

「そんなこと言っていたか？」

「一日二組までの限定にして、価値を高める方向で進めましょう」

どうやらやり手なのは、娘さんの方だったようだ。部屋を回りながらデザインを変える際の意見を求めてくるが、具体的かつ想像しやすい質問は、アイデアの出し甲斐《がい》がある。

全ての部屋に了承が出て、帰り支度を始めた私に、オーナーの娘はあら、と声をかけた。

「そのバッグ素敵ね。シンプルで、いろんな場面で使いやすそう。どこのブランド？」

「ブランドでもなんでもなくて、作ったんです。パーツも革じゃなくて合皮ですし」

「え、作ったの？　ちょっと見せてもらっていい？」

私がバッグを渡すと、持ち手やポケットなど、彼女は様々な角度から点検するように眺めて、感心に呻《うめ》いた。

「いろいろ器用ねぇ。家庭的なのね」

……本当に家庭的ならよかったんだけどねぇ。心の中で愚痴りながら、笑みを返す。

「こっちの道に進んでもよかったんじゃない？　今はほら、フリマサイトとかもあるしねぇ」

こども服を作って売っていることはなんとなく言えず、褒め言葉に対する礼を伝えていると、奥へ引っ込んでいたオーナーがワインを片手に戻ってきた。

「明日さんには、無理な仕事をこんなに完璧《かんぺき》にしてもらって。感謝の印にこれを持って行ってよ」

ずいとむき出しのワインを出したことに、娘が「せめて袋を！」と怒る。二人の言い合いが始まってしまいそうなところ、頭を下げて慌てて出てきた。

あんなに感激してくれたけれど、やりきったという思いは抱けない。工期も予算も足りないことなどよくあることだ。私なりに、できる限りのことはしたし、依頼主に満足してもらうこともできた。それでもカチッとはまりきった気がしないのは、単純に自分が未熟なのだ。

それでも清々《すがすが》しい気持ちで、式場を振り仰いだ。

やっぱり、私はこの仕事が好きなんだなあ。

「どうか、ここから多くの幸せが紡ぎ出されますように」

力不足は否めないが、あれだけ喜んでもらえたことへの満足感や、久しぶりのインテリアコーディネーターの仕事での充実感に包まれた。このまま就職が決まるなんてこともあるんじゃないかと、弾む足取りで帰り、玄関で出迎えてくれた咲希ちゃんにも笑顔を返した。

「かなちゃん、嬉しそうなお顔ー」

「そうなんだよねぇ、実は……」

話そうとしたとき、スマホが震えた。審査中だった二社から、メールが届いていた。大手の方は地方勤務でよければ、もう一度話を聞きたいと書かれており、伝えた条件とはかけ離れている。もう一通も、タイトルから不吉な様子がダダ漏れだ。

「かなちゃん、悲しそうなお顔ー」

「そうなんだよねぇ……」

工務店のほうはいい感触だったのに、とメールを詳しく読むと、「うちで活躍してもらいたいとも思ったが、あなたは本当にやりたいことで実力を発揮できる人なので、能力を活《い》かすことのできる場所に出会えることをお祈り申し上げます」と書かれていた。ずいぶん丁寧なお祈りは、面接で話をした社長が書いてくれたのだろうか。

咲希ちゃんに励まされながらリビングへ入ると、作り置きのおかずを広げてくれていた幸希くんが、眉《まゆ》を顰《ひそ》めた。そんなに目に見えて落ち込んでいるだろうか。

「面接、また落ちちゃってさ」

ははは、と乾いた笑いを漏らすと、幸希くんは目を細めて、ぷいと冷蔵庫へ戻ってしまった。

着替えてリビングへ戻ると、二人ともテーブルについて私を待っていてくれた。私の席には、缶ビールの横に、なんと冷えたグラスが用意されている。

驚きに目を瞠《みは》ったまま動けず、幸希くんを見る。彼は無愛想に、

「今日で仕事が終わりって言ってたじゃないですか」

と言うと、いただきますと手を合わせて箸を持った。咲希ちゃんは慌てて、かなちゃんもだよ！　と手を合わせる。

私も手を合わせてから、ありがたくビールをグラスに注ぐ。自宅で冷えたグラスにビールなんて、初めてのことだ。わかりづらい気遣いに、顔がほころぶ。

「面接なんて、また受ければいいもんね。明日《あした》からまた職探し頑張るよ！」

咲希ちゃんはきょとんとしながら首を傾げた。

「かなちゃんのお仕事は、洋服を作ることじゃないの？」

無邪気な言葉が突き刺さった。

出品したハンドメイド作品は現在全て売れており、インテリアの仕事をしている間にも心待ちにしているというメッセージが入っていた。今日のバッグのこともそうだが、気に入って褒めてもらえるのは、誰だって嬉しい。

「もういっそ、ハンドメイド作品の販売を仕事にした方が人気もあるし、在宅で自分の自由にできるから、いいのかなあ……」

思わず頭の片隅で考えていたことを呟《つぶや》いてしまう。

家で作業を行うことができるのだから、現在のように家事もできるし、咲希ちゃんや幸希くんのフォローもしやすい。でも、フリーランスは不安定な仕事だ。今はファンがいたとしても、こども服の寿命は短く、その次の世代の人たちがファンになってくれるのか、流行を追い続けることができるのかは難しいところだ。

「大手の方からは、もう一度面接してくれる話は来たけどねぇ……」

「断るんですか？」

「地方勤務ならって返事だから、面接の時の条件とかけ離れててね」

地方勤務となるのは、二人を引き取ったことと本末転倒も甚だしい。幸希くんが眉をくもらせたままであることに気付き、慌てて言葉を継いだ。

「大丈夫、大丈夫。地方勤務なんてしないよ。二人がここで暮らし続けられる仕事を見つけるから！」

めてしまった。

「別に嫌だなんて言ってませんけど」

幸希くんはさらに眉間《みけん》のシワを深め、誰にも手伝わせまいと、テキパキと家事を進めてしまった。

夜遅くまで求人サイトを読みあさりつつ、フリーランスになったときの試算をし直す。結果、寝過ごしてしまい、慌ててリビングへ向かった。

幸希くんも咲希ちゃんもすでに出かける準備を万全に済ませており、ほっと息を吐く。しかし、私の席の前に、作った覚えのない朝ごはんを見つけ、目を見開いた。

私が驚いているのを見て、咲希ちゃんは嬉《うれ》しそうに笑い、テーブルまで引っ張りながら解説をしてくれる。

「こっちがねぇ、シャケのおにぎりで、こっちはおかかさんだよ」

作り置きのおかずの横に、海苔《のり》に包まれた黒いものが二つ置いてある。

ふたつのおにぎりを見つめたまま、ごくりと息をのんだ。

座ることができずにいる私に、幸希くんが横から麦茶のグラスを置いた。

「コーヒーは合わないかと思って……、どうかしましたか」

眉を顰められ、取り繕うように座った。

「ううん、なんでもない。わー、美味《おい》しそうだなあ」

元気よくいただきまーすと手を合わせると、箸《はし》を取って自分の作ったおかずに手を付けた。咲希ちゃんは早く自分の作ったおにぎりを食べてほしい様子で、おにぎりの載った皿をずいと私に近づける。

「これもかなちゃんのだよ」

そろそろと箸を置いたが、パッと時計を見上げて声を上げた。

「あ、もう二人とも出ないといけない時間だよ。ごめん、幸希くん。今日寝坊しちゃったから、咲希ちゃんを送っていくのお願いしていいかな」

「……いいですけど」

私は二人を追い立てるように見送ると、床にまで届きそうなため息を吐いた。足を引きずるようにリビングへ戻り、テーブルの上を見下ろす。

「おにぎり、か……」

椅子に座って、しばし黒い塊を見つめ、手を伸ばす。指の先がぶつかり、それはコロンと転がった。

ドキリと心臓が揺れる。

起き上がらせるが、そのまま口に運ぶことはできず、再び長い息を吐き出した。

おかずのなくなった皿を片付け、おにぎりにラップをかける。責められているような心持ちになり、冷蔵庫の一段目へとしまった。

ハローワークから家に戻ろうとしているところ、結人くんから連絡が来た。外にいることを告げると、ランチに誘われる。先日の急な仕事に対するお礼がしたいと言う。固辞したものの、準常連となっている喫茶店で待ち合わせることになった。

奥の方の席に座っていた結人くんは、私に気付くと手を挙げた。カウンターのマスターに本日のコーヒーを注文しながら、結人くんの前に座る。

コーヒーが運ばれてくると、結人くんはたまごサンドを頼んだ。ここの食事メニューはパンを使ったものだけとこだわっているが、種類は多い。しかし私は食事のために入ったことはないため、しばし迷った挙げ句にトーストセットを頼んだ。トッピングに、あんことバターを選ぶ。

「この間の仕事は、本当に助かったよ。オーナーも大喜びだった」

「こちらこそ、無名の私に声をかけてもらえて光栄でした」

頭を下げ合っていると、料理がテーブルの上に置かれた。結人くんの頼んだたまごサンドは、潰《つぶ》したゆで卵ではなく、厚焼き卵が挟まっている。

なるほど。こんな風にしたら、失敗した卵焼きを美味しく食べられそうだ。

私はトーストに視線を落とし、ほっとする。ただのトーストは、調理された様子はほとんど見られない。……これならば食べられそうだ。

添えられた小さなお皿から、あんことバターを少しずつ載せる。甘さとしょっぱさが、たまらない。トッピングには他にもはちみつやクリームなどもあった。

「咲希ちゃんは、こういうの好きそうだなぁ」

さんざん迷った挙げ句、私のトッピングも持っていこうとするかもしれない。考えながら咀嚼《そしやく》していると、結人くんが笑いを零《こぼ》した。

「彼方ちゃん、美味しそうに食べるようになったね」

口の中にトーストが入っているので、私は首を傾げて問うた。

「ずっと、食事を楽しむというより、お腹を満たせればいいって感じだったから。そんな風に、味を確かめながら食べている顔は久しぶりに見た気がする」

おむつを見せながら走り回っている頃からの知り合いなのだ。そんな結人くんが懐かしそうに目を細めることに、顔が熱くなる。

「確かにね。今まで作ってくれてた人には悪かったなと思うようになったよ」

「料理を作れるようになったけど、その……」

結人くんが聞きたいことはわかる。私は小さく頭《かぶり》を振った。冷蔵庫のおにぎりを思い浮かべながら。

彼は、そっかと呟き、

「今日は、お礼も言いたかったんだけど、彼方ちゃんに話があったんだ」

わざとらしく明るい声で言った。

「今日もハローワークってことは、まだ仕事決まってないんだよね？」

「この間進んでたところも、結局ダメだったんだ。本当にあと一ヶ月半で決まるのかなって焦るようになってきた」

食べ終えた皿をテーブルの端に寄せ、パンくずを紙ナプキンで集めながら、いじけたような声を出してしまった。

「よかったら、うちで働かない？」

「え……」

耳から入ってきた言葉を、頭の中でかみ砕くことができない。固まっていると、結人くんは困ったように笑う。

「普通身の回りに、自分の仕事関連の人がいたら、コネがないか聞いてみたりするのに。彼方ちゃんは全然言い出そうとしないから、ついこっちから誘っちゃった」

確かにインテリアデザイナーは、不動産業界の一員である。不動産会社でも、宅建の他にインテリアの資格の取得をサポートしていたりする。インテリアに関する専門家が必要なのは、新築に限ったことではなく、リノベーションや会社のレイアウト変更など、さまざまな場面で活躍することができる。

先日断念した大手の会社も、全国に展開している不動産会社のグループ企業だった。

「だって、高梨不動産は賃貸が主体でしょう？」

コネを使おうなどと頭になかったのは、それが問題ではないけれど。

「最近、リノベーションの依頼とか、内装に関わる仕事も増えてきてるんだ。でも今までは外部のデザイナーさんに頼ってきたから、そういう部署を作っちゃおうという話があって。この間の仕事が試験っていうわけじゃないけど、彼方ちゃんみたいに依頼主の要望に寄り添ってくれるデザイナーさんがほしいんだ。もちろん最初はそこまでインテリアの仕事は多くないし、事務もしてもらうことになるんだけど」

やりたいことを、そのまま認められるのはこそばゆい。ポップコーンがフライパンの中で弾《はじ》けるのを見ているのと同じような感覚だ。ポンポンと弾けるような喜びと、飛び出していってしまうのではないかという不安がこみ上げる。

由貴緒も結人くんも、私に多大な信頼を寄せてくれていると知っている。だからこそ、彼らを裏切るような事態になりそうなことはしたくなかった。二人が私の力を認めて欲してくれることは嬉しい。高梨不動産であれば、あくどい商売や環境などないと信頼して働くことができるし、家庭に何かがあったときには融通を利かせてくれるだろう。環境としても十分すぎるほどだ。

それでも、すぐに返事をすることはできなかった。

先だっての仕事でも、やり残したような気持ちのまま終えてしまった。彼らの信頼に値するだけの仕事をする自信は、まだ持てない。

何も答えられない私に、結人くんはこらこらと笑いかける。

「こんな大事なこと、すぐに返事をしてもらうつもりはないよ。彼方ちゃんのやりたい仕事とも違うかもしれないし、よく考えて答えを出して」

「ごめん、驚いちゃって。本当にごめん」

謝り続けようとする私を制して、結人くんはカウンターのマスターにコーヒーのおかわりを注文した。

「次の火曜日に、返事を聞かせてもらえないかな。もしうちに来てくれるなら、水曜日のうちに書類なんかを作りたいから」

こんなにいい条件のスカウトはない。自信がないからと尻込《しりご》みしていていいのだろうか。決めてしまえばいいんだ。でも……。

悶々《もんもん》としながら玄関を開けた。様々な用事を済ませてきたため、咲希ちゃんは寝ているはずの時間にもかかわらず、リビングの電気がついている。幸希くんが勉強でもしているのだろうかとドアを開けると、彼はやはりテーブルにノートと教科書を広げていた。

「ただいま、今朝は寝坊してごめんね」

「いえ、別に」

そっけなく言い、彼は教科書やノートを閉じた。

「邪魔しないから、まだやってていいよ？」

キッチンで麦茶を注ぎながら声をかけるが、返事はない。振り向くと、険のある視線が突き刺さる。怒っているようだ。

何をしたんだっけ……。

「おにぎりは、どうしたんですか？」

「おにぎり……」

――まずい。

頭の片隅に追いやっていた罪悪感が蘇《よみがえ》る。

「ごめん、ちょっとお腹空《す》いてなくて」

「体調、悪いんですか？」

幸希くんの追及に、少しだけ心配が滲《にじ》む。余計に、自分の行動が罪深くなる。ごめん、とだけ返すと、彼にも言い訳だったことが伝わったようだ。

「……形は悪いけど、頑張ってたんですよ。元気がないあなたを励ましたいって。ラップを使ったから汚くもないし、具を入れるときもスプーンを使っています」

「別に汚いと思ったから食べられなかったわけじゃないよ！」

「じゃあ、なんで食べてくれなかったんですか？」

口を開こうとしては止め、言葉を探しあぐねて麦茶を飲み干した。浮かんだどの言葉も、嘘くさいし、ごまかしていると伝わってしまいそうだ。

幸希くんは呆《あき》れ果てたという態度で立ち上がる。

「頼れとか、仲間だとか散々言ってたくせに、オレたちのことは信頼してないんだろ」

吐き捨てるように向けられた言葉に、違うと言いかけたものの、彼の背中に撥《は》ね飛ばされた。

冷蔵庫を開けると、ジーッという電子音と冷気が流れてくる。視線の先には、おにぎりが二つ、仲良く並んでいる。手を伸ばし、引っ込め——再び伸ばした。

手が震え、喉《のど》がひどく乾く。

黒々とした海苔《のり》は、しっとりと米にくっついており、歪《いびつ》な形はしているが、作り手のことを思えば愛《いと》おしさがこみ上げる。ギュッと目をつぶって、おにぎりを口まで持ち上げる。あとはただ、そのまま噛《か》みつけばいい。

けれどそれだけのことが、どうしても、できない。

考えるだけで、胃の底に眠っているものがせり上がる。胃の辺りを撫《な》でて、おにぎりをラップで包み直し、冷蔵庫に戻す。

「……食べたいんだよ。それは本当なんだ」

誰にも届かなかった声が、リビングに小さく落ちた。

翌朝、いつも通りの時間に起きたが、幸希くんはすでに出かける準備を終えていた。眠いと駄々をこねる咲希ちゃんの服を着替えさせている。

「今日何かあるの？　言ってくれたらもっと早く起きたのに」

「そうだよ。朝ごはんはみんなで食べるお約束だよ」

私だけではなく咲希ちゃんも文句を言うが、彼は聞こえていないかのように無視を決め込んでいる。ワーワーと文句を放つ妹を連れ、出て行ってしまった。

ひとり朝食を摂《と》ろうとして、冷蔵庫を開けると、一段目にあったはずの黒い塊は姿を消していた。

幸希くんが食べたのか。それともお昼ごはんとして持って行ったのだろうか。

集中できないまま、職探しをしていると、夕方にメッセージが入った。幸希くんからであることがわかり、飛びつくように確認する。

『祖父母が家の片付けに来るので、実家に泊まります。月曜日の夜に帰りますが、食事は食べて帰ります』

決まっていただろう予定をこんな遅くなってから連絡するなんて、彼の意趣返しだろうか。ため息を吐いて、パソコンを閉じた。

久しぶりの一人の夜だ。

それなのに意欲は湧かず、ソファーの上に寝転んだ。先客だったピンクのイルカを、ぎゅっと抱きしめる。

気の向くままにテレビでも見るか、溜《た》まっている映画でも消化しようか。あれこれ考えるが、動く気になれない。いつもなら、だらだらとすることも幸せだったのに、一人で母を待っていたあの頃のように心細い。本当に体調を崩したのだろうか。

部屋を見渡すと、相変わらず家具は少なく、さっぱりとしている。けれど、あちらこちらに小さなものが増えた。

テーブルの上の文房具、部屋の隅に置かれたままのおもちゃと絵本、キッチンに並んだ調味料……そこかしこに幸希くんと咲希ちゃんの存在を感じる。

「そっか……おかしいんじゃなくて、もうこれが普通じゃないんだ」

私の『いつも』が変わったのだ。一人で過ごすことよりも、三人で過ごす時間が当たり前になっているのに、これまでのような休日を過ごそうとしたから違和感に苛《さいな》まれているのだ。

独り言がしっくりしないのも、家の中に話をする相手がいるようになったからだ。

これは居心地が悪いのではない。今の自分にぴったりな言葉が、部屋の中に落ちていた。

「……寂しいなあ」

こどもたちがいないので、料理を作る気にもならず、スーパーに向かった。いっそ明日《あした》の分までまとめ買いをしてしまおうと、弁当と惣菜《そうざい》のセットを合わせて三つカゴに入れる。お菓子でも買おうかとぼーっと商品を見ていると、「んげっ」と、潰《つぶ》されたカエルのような声が聞こえた。

声に振り向くと、見覚えのある少年が顔を曲げている。記憶をひっくり返し、幸希くんの高校の友人であることを思い出す。彼が罵声《ばせい》を浴びせたことなど、今はどうでもいい。

挨拶《あいさつ》もそこそこに、まくしたてるように話しかけた。

「幸希くんの保護者の明日彼方です。幸希くんは学校ではどうですか？　昨日は元気にしてましたか？」

完全に彼が引いていることに気が付き、すみませんと頭を下げた。

「恥ずかしい話、私はまだ彼の信頼に値しない存在で。相談もされないし、言いたいこともさっぱりわからないし……」

後ろを通る人のカートがぶつかり、ふと我にかえった。年下の男の子に相談をするなんて……。

「すみません。忘れてください」

ますます保護者失格だと罵倒《ばとう》されそうだ。だが彼は、親指でレジを指した。

「あんたは変な奴だけど、嘘つきじゃなさそうだ」

会計を済ませ、自然と一緒に店の外へ出る。

「急に部活を辞めた理由が、家事や妹の面倒があるからって聞かされたら、狭い部屋に押し込められて、朝から晩まで働かされてるのかと思って、腹が立ってたんだ」

どこのシンデレラだと思ったが、幸希くんが来たばかりの頃は、確かに朝から晩まで働かせてしまっていた。

「夏休みに遊んだときもさ、なんかおかしかったんだよ。そりゃ両親が急にあんなことになったんだから、落ち込むのはわかるけど。そうじゃない、今までの全てを捨てようとしてるっていうか」

同意するように首肯《うなず》くと、彼は困ったように頭を掻《か》いた。

「休み明けもそんな感じだったから、つい、あんたが悪いんだって思ったんだ。いつも考えなしだって怒られるけど、カッときて。あのときはすみませんでした」

深いお辞儀から頭を上げた彼は、再びスマホをずいっと差し出し、責め立てるように早口で言った。

「あんたが幸希を悪いように考えてないってことはわかったから、連絡先交換してやるよ！　最近は落ち着いてきたけど、親代わりのあんたは幸希のことを詳しく知る必要があるもんな！」

なるほど、照れ隠しか。それにしても学校の情報を、しかも幸希くんと親しい立場の人から知れるのはありがたい。

「どうぞよろしくお願いします」

取引先相手にするように、深々と頭を下げて、私は幸希くんの親友であるという涼《りょう》太《た》くんの連絡先を入手したのであった。


家にいると気持ちを持て余してしまうことがわかったので、日曜日は美術館や家具店を見学し、一日を外で過ごした。

月曜日の夕方、テレビを眺めながらも、どうにも意識はドアへ向いてしまう。鍵《かぎ》の開く音に立ち上がった。玄関で靴を脱いでいた幸希くんと咲希ちゃんに声をかける。

「おかえりっ」

「ただいまー！」

咲希ちゃんは靴を脱ぎ捨てて、私の膝《ひざ》に飛び込んでくる。たった三日程度のことなのに、この衝撃に懐かしさを感じてしまった。

「おじいさんとおばあさんはお元気だった？」

「うん……」

久しぶりの実家で思うところがあったのだろう。それ以上の返事をしようとせずに、咲希ちゃんはぎゅうとしがみつくばかりだ。幸希くんに目を向けると、彼もそっと視線を落とした。

二人を実家に連れていくのはもう少し気持ちが落ち着いてからと思っていた。しかし、祖父母にも事情や想いがある。

「もう夕飯は食べてきたんだよね。寝る前にお茶でも……」

言いかけた言葉を、着信音が邪魔する。少し苛立《いらだ》ちながら、かけてきた相手に首を捻《ひね》る。咲希ちゃんと手を繋《つな》ぎながらリビングへ入り、電話を耳に当てた。

『青木《あおき》です、明日ちゃん、ゲンキー？　って、もう明日じゃなくなったんだっけ』

以前勤めていた会社の先輩は、相変わらずの様子でいきなり話を進める。社交的で、軽すぎるノリに上司が顔を顰《しか》めることもあったが、客先からは絶大の信頼を勝ち取ってくる謎の人だ。

「実は明日のままでいることになってしまったのですが……どうしました？」

『いやあ、今度新しい会社を立ち上げようとしてて。前の会社でいいなーって思ってた人を勧誘してるんだ。明日ちゃんも参加してくれたらなあと思いついたんだけど、結婚がなくなったならちょうどいいね！』

なんて勝手な。しかし、探している時には断られ、誘われるときには重なる。タイミングというのは、なんと無慈悲なものか。

「結婚はなくなったし、職探し中ではあるんですけど、ちょっと条件が難しくて」

立ち上げたばかりの会社なんて、忙しさが最高潮のはずだ。

『どんな条件？　とりあえず教えてよ』

咲希ちゃんを寝かせる支度をしたいのに、彼女のノリに付き合っていたら一向に電話が終わる気配はない。

「えっと、残業が難しくて、急に休まざるを得ない日もあるかもしれません。なので、お話はほんっとうに大変ありがたいんですけど――」

『なんだー、そんなことか。育休明けみたいな感じってことでしょ？　いいよいいよ、明日ちゃんの仕事ぶりが欲しいんだから、多少の無理は聞いちゃうぞ～。在宅でもいいし、残業せずに時間内にガッガッ仕事終わらせてくれた方が、会社としてはありがたいしね。まあ、ちょっと最初の給料は乏しいかもしれないけど。まあ、そういうことで、詳しいことはメールしておくけど、契約とか希望の条件は今度会ったときにね！　じゃあ！』

言いたいことだけ言って、切れてしまう。呆然《ぼうぜん》としていると、咲希ちゃんが楽しそうに笑った。

「元気なお電話だったね」

「……本当に相変わらずだなあ」

彼女はどんなに無茶なことを言い出しても、それを違《たが》えたことはない。その仕事ぶりを尊敬していたし、インテリアセンスにも憧《あこが》れていた。思いついたら爆走しているようでいて、陰で努力を怠らない人だということを知っている。

そんな先輩だからこそ、雇用条件もなんとかしてしまうのだろう。でも……。

「今の電話、会社に誘われてたんですか？」

今までの無視などなかったかのように、幸希くんから声がかかった。少し嬉《うれ》しそうに見えるのは、私の欲目だろうか。

「うん、前の先輩が新しい会社をつくるんだって。それで――」

「仕事が決まったんですか？」

そんなに心配をかけていたのだろうか。けれど、それもそうだ。三ヶ月以内に仕事が決まらなかったら、幸希くんは卒業する前に引っ越さなければならない可能性が出てくるのだから。

「立ち上げたばかりの会社って、すごく忙しいはずなんだよね。私だけ残業を一切しないっていうのも難しいだろうしと思ってね」

「でもその会社では、やりたいことができるんですよね」

「勉強になる先輩だし、多分ね。でもねぇ……」

慣れた仲間たちとであれば、人間関係を一から築く必要もないため、仕事に集中することもできる。それでも、先輩がオッケーを出したところで、私一人だけ残業を全くしないというのは難しいだろう。

「家事も咲希の送り迎えもオレができますよ」

幸希くんは顔をこわばらせて、私を見つめている。

「今の環境を守って働くなら、やっぱり高梨不動産に勤めたほうがいいのかな」

ぽつりと漏らすと、幸希くんの眉《まゆ》が寄せられた。

「あの人のところにも誘われてるんですか？」

「あ、うん。この前ね。だから、三ヶ月以内に再就職の約束は守れるから安心してね」

「……そうですか」

心配はいらないとはっきり言ったつもりであるのに、幸希くんのテンションが明らかに落ちたように見える。

もしかして、実家に久しぶりに戻ったことで、もう一緒に暮らしたくないと感じてしまったのだろうか。

彼らの実家はローンが免除され、処分するか否かは保留中だ。祖父母もこどもたちの意見を尊重するとして、もう少し落ち着いてから話し合おうと言われている。将来的には拠点となる場所が残っていることは、彼らにとってもいいことかもしれない。

でも……なんだかモヤモヤとする。

「えっと、何にせよ、二人に迷惑はかけないよ！」

安心させるつもりで言ったものの、幸希くんは呆《あき》れたようなため息と共に、部屋へ戻ってしまった。


帰ってきた夜は少し歩み寄りを見せてくれた気がするのに、昨日も今日も、朝食の席は再びよそよそしいものだった。最近食べる時に遊んでしまう咲希ちゃんの相手をしていると、ろくに話もできず、幸希くんは登校の準備のために席を離れてしまう。

涼太くんにさりげなく聞いてみるが、帰ってきた返事は「異常なし」というものだった。おにぎりが尾を引いているのだろうか。それとも別のことに腹を立てているのかすらわからない。

どうしたものかと天を仰ぐと、ピロンとメッセージの通知が鳴った。

『幸希は甘いもんが好きで、アカシエのテリーヌ・ショコラが好物っすよ』

なんて渡りに船の情報だろう。涼太くん、最高だよ！

アカシエは浦和で有名な洋菓子店だ。よく行列を作っているため、通り過ぎてしまうことが多い。

「すぐ出れば、約束にも間に合うよね」

予定よりも早く出るために、慌ただしく準備を始めた。

今夜は結人くんにスカウトの返事をする約束をしている。無事にお菓子を手に入れて、彼と落ち合い、駅から近いビストロに入った。

仕事も、生活も、モヤモヤが溜《た》まっていた。久しぶりに飲みたい気分だったため、グラスではなくボトルのページを開いた。

「彼方ちゃん、大丈夫なの？」

アルコールに弱いわけではないことは、結人くんも知っている。こどもたちのことを言っているのだろう。取り立ててアルコールが好きなわけでもないが、気分が鬱屈《うっくつ》している時に飲みたくなる気持ちを初めて理解した。

「飲みたい気分なの。付き合ってくれなくても、飲ませて」

「目が据わってるよ」

説得を諦《あきら》めたらしく、結人くんはウェイターを呼んだ。ワインがグラスに注がれるのを待って、頭を下げた。

「ごめんなさい。まだどうするかを決められていません。待たせるわけにもいかないことはわかっているんだけど」

「とりあえず、まずは飲もうか」

苦笑しながらも、結人くんはグラスを持ち上げた。そっと彼のグラスに合わせ、舌の上を滑らせる。口の中に仄《ほの》かな渋みと優しい甘みが広がった。詳しいわけではないけれど、キリッと冷えた白ワインは、私の好みの味わいだ。

「覚えててくれたんだ」

「そりゃあ、もちろん」

大学時代に、由貴緒と三人で飲んだことは幾度となくある。一人ではおざなりに食事を済ませようとする私を、二人がよく連れ出してくれたのだ。学生時代だからこそできる無茶な飲み方もした。その中で見つけた好みの味を覚えていてくれた。こんなに時間が経過しているのに、さすがだ。

「記憶力がいいねぇ。羨《うらや》ましいな」

結人くんは苦笑して、料理のメニューを差し出した。

各自で食べたいものを言い合って、テーブルの上を埋める。パテに鴨のロースト、ブイヤベース、焼き野菜のサラダ。どれもこれも家庭で並ぶことは少ない料理だ。冷たいものは冷たいままに、温かいものは湯気の立っているうちに。美味《おい》しいと思いながら食事をできることが、何より嬉しい。

結人くんが本題を切り出したのは、二本目のワインを注文した時だった。

「迷ってるのは、やっぱりインテリアのことを専門でできるわけじゃないから？」

「難しい条件で募集を探してるわけだから、そこまでのワガママは望んでないんだけど……」

信頼を寄せてくれる結人くんを目の前にして、自信がないとは言えなかった。

優しい彼のことだ、そんなことないと、言葉を尽くして励ましてくれることが簡単に予想できる。

「前の会社の先輩に、誘われたの。新しい会社を作るから、来ないかって」

「そうか。そこだとインテリアデザイナーとして働ける。でも忙しそうだから、即決もできなかったってことか」

さすが話が早い。というより、私が言葉足らずでも高梨兄妹《きょうだい》は察する能力が高いのだ。ワインを口の中で転がして、飲み下す。なんだか身体全体がふわふわと浮き上がっているような感覚になってきた。

「まだ二人との生活も、落ち着いているわけじゃないし、それに……今幸希くんを怒らせてるんだよね」

「おやおや。今度は何を行き違ってるの？」

残っていた一口をグッと呷《あお》る。テーブルにグラスを置いたはずなのに、やけに感覚が鈍い。急に目の前のものが現実なのかどうか怪しくなってくる。仲違《なかたが》いをしているということが、夢であったらいいのに。

「きっかけは……咲希ちゃんのおにぎり、なんだよね」

結人くんは「あぁ」と、納得したような声を漏らした。

彼は知っているのだ。秘密とは言えない、私のコンプレックスを。

私はデザートのガトーショコラを頬張った。知られているということは、なんて窮屈で――自由なのだろう。

「幸希くんは、私が潔癖症だから食べられないんだって思ってるみたい。それならそれでいいんだけどさぁ」

「よくないでしょう。言ってないの？」

「隠してるわけじゃないんだけど、機会もなかったし、それを当然として生きてきた二人に言うのはなんだか憚《はばか》られて」

項垂《うなだ》れると、どっと眠気が襲ってきた。勢いに任せて飲み過ぎたのかもしれないと気付いたが、もう手遅れだ。ぐらんぐらんと世界が回り、なんとか座っているのが精一杯になっている。

目の前で結人くんが焦った様子で水を勧めているのがわかる。

「私だって、食べたかったんだよ、咲希ちゃんの作ってくれたおにぎり、でも……」

「もういいから、とりあえずお水飲める？」

手を伸ばすが、自分がちゃんとグラスを摑《つか》めているのかどうかすらあやふやだ。喉《のど》をすっきりとした冷たさが通っていくことで、なんとか零《こぼ》さずに飲めていることがわかる。

本当に、夢であればいいのに。あの黒い塊を素直に食べられる、夢の中であったらよかったのに。

「……でも、手料理だけは、どうしても食べられないんだよ……」

そう呟《つぶや》くと、私は本当に夢の中へと向かってしまった。

＊　＊　＊　＊　＊

幸いなことに、彼方ちゃんは完全に眠っているわけではなく、タクシーに乗るまでも降りてからも、少し支えるだけで誘導をすればその通りに歩いてくれた。エントランスに辿《たど》り着いてインターホンを押す。訝《いぶか》しげな応答に名乗り、彼方ちゃんを連れて帰ってきたことを伝えると、受話器がすぐに置かれた。バタバタと廊下を走る音が微笑ましい。

なんだ、ちゃんと絆《きずな》を築けてるじゃないか。大丈夫そうだよ、彼方ちゃん。

ガチャンと乱暴に鍵《かぎ》が開き、勢いよくドアが開いた。咲希ちゃんの姿はない。さすがに、もう寝ているのだろう。

幸希くんは僕に支えられている彼方ちゃんを、心配そうに見つめる。

「ちょっとここで手を離すのは危ないから、中に入ってもいいかな？」

声をかけると、はっとしたように表情を隠し、どうぞと素っ気なく言った。わざとらしい態度だ。彼方ちゃんが愚痴を言いながらもニヤニヤしている気持ちがわかる。

居室まで入ることは躊躇《ためら》われ、ソファーに彼方ちゃんの身を横たえる。幸希くんはタオルケットをかけながら、呆《あき》れたように見下ろしている。

「大人のくせに、こんなに酔っ払うまで飲むなんて」

「大人だからこそ、全部忘れたいぐらい飲みたくなることがあるんだよ」

幸希くんの視線が僕へと戻る。敵愾心《てきがいしん》を向けられているように感じるのは、勘違いでもないだろう。にわか仕込みの保護者といえど、彼方ちゃんが自分たちに心を砕いてくれていることぐらいわかっているだろう。急にできた姉のような存在を、どのように捉《とら》えていいのか迷うことは想像に難くない。たとえ恋愛感情ではなくても、慣れてきた信頼できる存在を取られることに警戒するのも当然だ。

「君とケンカしてるって聞いたけど、そうでもなさそうだね」

窺《うかが》われていることに気付かないふりをして、敢《あ》えて切り込むように尋ねた。幸希くんは声を詰まらせ、むにゃむにゃとケンカじゃないと言い張った。

彼方ちゃんは怒らせたと言っていたが、要するに拗《す》ねているようだ。

「どうしておにぎりが食べられなかったのか、ちゃんと理由を聞いた？　ちなみに潔癖症だからとか、そういうことじゃないんだよ」

こっちは知っているんだよと、言外に匂わせたのは大人げないとわかっている。でもそれぐらいの意地悪は許してほしい。なんせこっちは、二十年来積み重ねてきたものがあるのだ。

「君たちは急拵《きゅうごしら》えの家族だ。生まれてからずっと一緒の親子だって本心がわからないことがあるのに、言わなくても全て察することができるなんてエスパーぐらいなもんだよ。彼方ちゃんも君も、お互いに遠慮しすぎてるように見える」

厳しめに指摘をすると、彼はふてくされたように目を背けた。

「信用してないのは、そっちの方です」

そんなことはないと思う、という反論は飲み込み、じっと彼を見つめる。何故そう思ったのか、言葉を見つけるのを待つ。

「なんでも相談しろとか、信頼してるとか言ってたくせに、オレたちには相談しても仕方ないって思ってるんでしょう。オレたちがこどもだから……」

「自分を認めてもらえなくて、拗ねてるのか」

笑いながら言うと、彼はむっとこちらを見据えた。表情の中に、図星を指された照れが見える。ごめんね。君の若さを笑ってるわけではないんだ。自分のことを思い出して照れくさいんだ。

「彼方ちゃんが幼い頃に父親を亡くしてるのを知ってる？　お母さんはそれからずっと忙しく働いていたけど、料理だけは欠かさずに作ってた。すごく料理上手な人だったんだ」

「少しだけ、聞いたことがあります」

そこまで話したところで、彼方ちゃんが身じろぎをした。起こさないように、頷《うなず》いた幸希くんに、ダイニングテーブルを指し示す。

「毎食、彼女の母親の作った料理は食卓に揃ってる。でもそれを一緒に食べられることはほとんどなかったんだ。土日も仕事を詰め込んでいたし。その頃から、彼方ちゃんはごはんに対しての関心が薄くなっていた気がする。何を食べたいかというよりも、あるものを食べるしかなかったし、レンジで温めることもなくそのまま食べていたりね。彼女にとって、孤食が当たり前になってしまったんだ」

思うところがあったのだろう。幸希くんは考え込むように彼女の眠っているソファーを振り向いた。彼らがここに住み始めた当初、彼方ちゃんは彼らに大して責任を取ろうと必死になりすぎて、ともに生活するということを忘れていた。それは同時に、彼方ちゃんが一人で暮らし続けていたということに繋《つな》がる。

「お母さんが亡くなったのは大学に入学する直前。その頃から、彼女は『手料理』を一切受け付けなくなった。たとえ、ラップで握ったおにぎり一つでもね」

「え……？　でも、今は朝ごはんを作ってるし。惣菜《そうざい》とか外で食べるとかは、普通にしてますよね」

「自分で料理を作り始めただけでも、本当に驚いているんだ。食べられるものの線引きは僕らには難しいけど、市販のものやプロが作ったものは大丈夫みたい。でもオープンキッチンとか、家庭料理っぽい店は避けているな」

チェーンの定食屋は入るが、個人店の定食屋は素通りする。好きだったふくふく亭も、今では足を踏み入れることがない。

思い当たることがあったようで、幸希くんは「だから……」と呟いた。

「そんな彼方ちゃんが、料理を始めたっていうんだから、その時の驚き様を想像してよ。エイプリルフールかと思った」

肩をすくめると、幸希くんも微《かす》かに笑い、すぐに真剣な顔に戻る。

「……それが理由で、婚約破棄されたんですか？」

幸希くんの言葉に、今度は僕が驚く番だった。

「破棄されたって聞いてるの？」

彼が戸惑うように首を傾げたことに、頭を抱えたくなった。彼方ちゃん、君は必要なことを伝えてなさすぎる。

「婚約者のほうが浮気したんだから、彼方ちゃんに問題があったわけじゃないよ。でも、誰かと一緒に暮らすのは向いてないと言ってたんだって」

僕の言葉に、幸希くんは眉《まゆ》を顰《ひそ》め、次いで目を瞠《みは》り、最後にハッと彼方ちゃんを振り向いた。

「目の前のことしか見えなくなっちゃう様なときもあるけど、こどもだから信頼してないなんてことはないよ」

話された事実は幸希くんにとって衝撃的だったようだ。呆然《ぼうぜん》としながらも、脳内がフル回転している様子が見て取れる。

戸惑う幸希くんを見て、ふっと苦笑を漏らす。今日の自分は大人げないことばかりしてしまう。きっと仲のいい姿に嫉妬《しっと》しているからだ。

「最初に言ったように、君たちはお互いに遠慮しすぎなんだと思うよ。それこそ、信頼をぶつけてみればいいと思う」

幸希くんは迷子のような覚束ない瞳《ひとみ》を揺らしながらも、深く頭を下げた。

＊＊＊＊＊

「食べてくれないなんて、ひどーい。毒なんて入れてないのに」

悲劇のヒロインのように泣き顔を作った同級生は、チラリと剣呑《けんのん》な視線を私に向けた。サークルのアイドルだった彼女は、頭のてっぺんから足のつま先までいつもきれいにしていた。女子の中では評価が分かれるが、男子学生は確実に彼女の味方だった。

芸能界にいてもおかしくないほどの美人なのに、気さくで家庭的というイメージを押し出していた彼女は、ある日サークルで手作りのクッキーを振る舞った。いつもは上手《うま》く躱《かわ》していたのに、この時だけは逃げそびれてしまった。

事情を知らない食え食えと迫る声が部屋中に満たされた。私は震えを抑えながら一枚取り、必死に頭の中で絵空事を描きながら口に入れた。

そして、その途端に吐いてしまった。阿鼻叫喚《あびきようかん》の中、自分で後始末をつけ、二度とサークルには行かず、彼女たちとも距離を置いた。キャンパス内ですれ違う度にこそこそと噂されることもあったが、七十五日もしないうちに興味をなくしてくれた。

なぜ手料理を受け付けなくなったのか、自分でもはっきりとした理由はわからない。探ろうとも思わなかった。避けてさえいれば、特に支障もなかったし、大人になるほど避けることは難しくなかった。

そんな自分がこどもたちに朝ごはんを作っている状況が今でも信じられない。現実感のない毎日だけれど、嫌気がさすどころか、日に日にワクワクしている自分がいる。

だからこそ、咲希ちゃんのおにぎりも、案外あっさりと食べられるのではと思ったのに……恐怖心が先に来てしまった。

一口食べた瞬間に、吐き出してしまうのではないか。

咲希ちゃんを傷つけたくはない。サークルを離れたときのように、幸希くんと咲希ちゃんとの生活は、簡単に手放せるものではないのだ。


目を覚ました時、一瞬自分がどこにいるのかわからなかった。すぐにリビングのソファーだと気付き、項垂《うなだ》れる。また結人くんに迷惑をかけてしまった。時計を見上げると、まだ夜明け前だ。潤いを求めて、グラスに麦茶を注ぐ。一息で飲み干すと、ぷはっと息を吐いた。

乾きが癒《い》えると、お腹が鳴った。

昨夜は食べるよりも飲むほうに夢中になってしまった。朝食までは、まだ少し時間がある。何かをお腹に入れようかと、冷蔵庫を開けた。

一人で暮らしていた時よりも、たくさんのもので埋まっている。だからこそ、ぽっかりと空いた空間が目立つ。ちょうど、私がおにぎりを置いた辺りだ。

冷蔵庫が、まるで自分の心のように見えた。少しずつ満たされてきたのに、決して埋まることのない場所がある。そこに、あのおにぎりがすっぽりと収まるはずだった。

急激に、食欲が湧いてきた。

咲希ちゃんのおにぎりが、食べたい。

あれは私にとっての希望の塊だったのだ。

二人と暮らしていく以上、彼らの手料理を避けていくことは難しいだろう。何より、久しぶりに私が「食べたい」と思った手料理だ。再スタートを切るには、もってこいじゃないか。

よし、と気合いを入れると、冷蔵庫の中へ手を伸ばした。

起きてきた幸希くんと咲希ちゃんは、テーブルの上に並んでいるものの様相がいつもと違うことに戸惑ったようだ。ちょうど用意も調ったところなので、二人の動揺をスルーして、率先して席に着いた。

「今朝のごはんは、おにぎりバイキングです」

首を傾げた咲希ちゃんに、好きな具材を選んでおにぎりを作るのだと説明すると、目を輝かせて椅子に座った。

自分の緊張をほぐすためにも、楽しい雰囲気で過ごせる方法を考えた時、喫茶店で食べたトーストセットを思い出したのだ。ツナマヨ、たらこ、サケフレーク、昆布、おかか、海苔《のり》の佃煮《つくだに》……家にあるだけの具材を用意した。

ラップにごはんを載せる。炊きたてのごはんは、ボウルに入れていてもまだ熱い。おにぎりは熱いうちに握れというけれど、熱すぎる状態も、冷たすぎる状態も、今の私には捌《さば》くのが難しい。自分で扱えるものになってようやく、正面から受け止められるのだ。

両手の上を交互に転がして、手に持てるぐらいに冷ましてから、咲希ちゃんに差し出した。

少しだけ、手が震えている。でも、きっと大丈夫。

「咲希ちゃん、私のおにぎりも作ってもらえるかな？」

快諾する彼女とは反対に、幸希くんは何故か心配そうな目をこちらに向けている。

「自分で作ればいいじゃないですか」

その言葉に、いつものような棘《とげ》はない。もしかしたら、結人くんに何か聞いたのかもしれない。しかし、ワクワクしている咲希ちゃんは、スプーンを持って準備万端だ。

「かなちゃん、何のおにぎりにする？」

「えっとね、じゃあ、シャケを入れてもらおうかな」

咲希ちゃんはサケフレークにスプーンを突っ込み、ぐわっと掬《すく》う。ボロボロと周りに落ちることは気にしない。広げたごはんの上に豪快に載せることを三回繰り返し、満足したように、ラップごとぎゅっぎゅっと手の間で握りしめ始めた。ところどころ、混ぜご飯のようにシャケのピンク色が見えている。完全に隠れていなくても、きれいに混ざっていなくても、それが今の私に必要なおにぎりの形なのだ。

「この間のおにぎり、実は食べられなかったんだ」

「なんで？　落としちゃったの？」

不思議そうに見つめる少女に、私は静かに頭を下げた。

「違うの。私は誰かが作ったごはんが食べられなくて。食べられないことをごまかそうとしたんだ。……幸希くんが代わりに食べてくれたんでしょ？」

尋ねると、彼は迷いながらもこくりと首肯《うなず》いた。

「でも、本当は食べたくて仕方なかったの。食べたいって思ってるのに、食べられないなんておかしいなって気付いて、どうしても咲希ちゃんにまた作ってもらいたくなったの。わがままでごめんね」

咲希ちゃんは意味がわからないというように目を瞬《しばたた》いた。

「私のトラウマを治してくれるものだと思うんだ」

「さきちゃんのおにぎりが、かなちゃんのお薬になるの？」

そうだよ、と応《こた》えると、嬉《うれ》しそうに「元気にな～れ！」という言葉とともに、両手にぎゅーっと力を込める。

「はい、どうぞ」

咲希ちゃんが差し出してくれたのは、歪《いびつ》な形のおにぎりだ。幸希くんがごくりと息を呑《の》んだのが見えた。私よりも緊張しているんじゃないだろうか。

受け取ったおにぎりは、手をじんわりと温めてくれる。ラップを外して、海苔で挟み込んだ。ぎゅっぎゅっと力強く握ってくれたおにぎりは、見ただけで固くなっていることがわかる。それでも、私はこれを食べたいと切望している。

持つだけで震えていたのが嘘のように、小さくて歪なおにぎりが輝いて見える。覚悟も何も必要なく、自然と口が吸い寄せられた。

炊きたてのごはんは、お米の甘さが強く感じられ、はみ出すほどに入れてくれたシャケのしょっぱさと調和している。

口以上に、心が満たされていく。炊きたてだから、だけではない。確かなぬくもりと、親愛が感じられた。

噛《か》みしめるごとに、目が熱くなってくる。

久しぶりに誰かの手料理を食べている。

美味《おい》しいと、心が叫んでいる。

「ありがとう、咲希ちゃん。すごく、すごく美味しい」

「どういたまして」

咲希ちゃんはにっこりと笑い、自分のおにぎりを作り始める。

「幸希くんも、ごめんね。やきもきさせて。結人くんが何か言ったんでしょ」

彼は瞬きながら視線を逸《そ》らしたが、ぐっと強いまなざしを私に戻した。

「勝手に聞いてすみません。勘違いしてたことも」

今までにないほど、しょんぼりとしていることがわかる。幸希くんが悪いわけではないのに。

「ツケが回ったんだよ。支障がないから解決しようと思っていなかったから。こんなに後悔してから気付くなんてね」

「後にならないとわからないことって、ありますよ」

自分のおにぎりに具を詰めていた幸希くんが、ぽつりと言った。

「オレも朝食が食べられなくなったとき、ただ慌ただしいからだと思ってたんです。突然両親がいなくなって、戸惑いのほうが大きくて、昨日から明日《あした》への連続のはずなのに、自分たちだけ取り残されてるみたいで。でも朝ごはんは家族で揃って食べる時間だったから、二人で食べるのはなんだか裏切りになるような気がして……」

幸希くんが自分のことを語るのは初めてだった。

咲希ちゃんはわかっているようないないような顔で、もぐもぐと口を動かしながら兄を見上げている。苦しそうな表情をしている彼を心配し、眉尻《まゆじり》を下げながら。そんな妹の頭を、兄の掌《てのひら》が優しく滑る。

「でも、久しぶりに落ち着いて朝ごはんを食べたとき、腹の底から力が出るような気がして、母さんが口酸っぱく朝ごはんはしっかり食べろと言っていた意味がわかりました。失敗したって言ってましたけど、オレのことを現実に引き戻してくれたんです……彼方さんのごはんが」

初めて幸希くんに名前を呼ばれた。

胸の奥に言葉で表現できないぐらいに喜びが広がっていく。

「だから、オレも何か返せたらと思って作ったんですけど……余計なことをして、しかも逆ギレして、すみませんでした」

頭を下げる幸希くんに、私はヒッと声を上げた。

「余計なことなんかじゃないよ！　絶対、本当に間違いなく嬉しいことだった。私こそ、心配かけまいとしていたことが、却《かえ》って不安にさせてたんだよね」

手の中の黒々と輝く宝石を、むしゃむしゃと食べきる。しっかりと嚙んで、お腹に溜《た》めていく。幸希くんが一歩踏み込んでくれた言葉が、咲希ちゃんの小さな手で作ってくれたおにぎりが、私の空白を満たしてくれたのだ。

ぺこりと頭を下げると、咲希ちゃんはふぅんと達観したような口調で言った。

「大人だって嫌いなものがあってもいいんだよ」

前に話したことを覚えていたのだろう。得意気な様子に、口の端が緩む。

「そうだね。大人になっても、私は辛いものが苦手だし」

咲希ちゃんはべーっと舌を出した。

「さきちゃんも辛いのきらい。お兄ちゃんは、コーヒーきらいなんだよねー」

意外だ。ブラックコーヒーを飲みながら勉強とかしそうに見えるけど、確かに家で飲んでいる姿を見たことがない。

まじまじと幸希くんを見ると、鼻にしわを寄せた。

「……飲めないわけじゃないです」

「私も高校のときは紅茶ばかりだったなあ。嫌いでも悪いことじゃないし、急に好きになることもあるよ。今でもブラックは少し苦手だけど、カフェオレは好きだし」

「あとねー、さきちゃんはお化けもきらいなんだ」

「おばけかぁ。文化祭のお化け屋敷も怖かったもんねぇ」

「あんなのただの空想だろ。人を驚かせて、それを怖いって気持ちに見せかけてるんだよ」

「そんなことないもん！　いるんだもん!!」

「怖くないお化けだってきっといるよね」

咲希ちゃんは大きく首肯くと、部屋の隅を指さした。

「あそこにいるでしょ」

私も幸希くんも思わず咲希ちゃんの指の先を凝視するが、もちろん何もいるわけがない。思わず顔を見合わせて、首を振る。幼児には大人が見えないものが見えているとか、気を引くためにそういうことを言うだとか、いろいろな説は聞いたことがある。しかし、これだけ確信を持って言われてしまうと、冗談だと流しきれない。

二人同時に、ごくりと唾《つば》を呑んだ。

「ま、まあ、お化けっていうか、幽霊がいると思うのは、少し夢があるよね。もういない人に会えるかもしれないってことだもんね」

「ママとパパにも会える？」

「会えるかはわからないけど、見ててくれると思うよ」

咲希ちゃんはじっと私を見つめた後、手元に目を落とした。

「……お化けはきらいだけど、ママとパパがいないのは、もっときらいなんだ」

ポツポツと、食べかけのおにぎりに雨が降る。咲希ちゃんはぐすっと鼻を鳴らし、唇を震わせた。

「お兄ちゃんとかなちゃんは好きだけど、ママとパパに会いたい。会いたいよ。どうして会えないの」

会いたい、会いたいと泣き続ける声が切なく、鼻の奥がツンとしてくる。

「そんなこと、言うなよ……」

オレだって、という言葉が微《かす》かに聞こえた気がした。俯《うつむ》いた幸希くんの目が濡《ぬ》れているのかは見えない。けれど、声が泣いていた。

(ようやく、だ)

突然の環境の変化に落ち着いたときに、押し込めていた感情が湧いてくる。彼らが、私との生活に慣れてくれ、そして悲しみに直面し始めたのだ。

「……学校、行かないと」

ごまかすように俯いたまま立ち上がろうとした幸希くんを引き留める。

「今日ぐらい、遅刻したっていいよ。せっかく……せっかくさぁ、」

喉《のど》が詰まって、それ以上の声が出なかった。んくっと、こみ上げる嗚咽《おえつ》を堪《こら》えて、おにぎりに嚙みついた。お米の甘さが、気持ちを余計に盛り上げる。

美味しい。そう思えることが幸せだ。

咲希ちゃんは、時々「ママ」「パパ」と呼びながらも、必死に口を動かしている。

幸希くんも鼻をすすり、目元を擦《こす》りながら、おにぎりを力強く握り、がむしゃらに噛みしだく。

誰も堪えることなく、自分の感情を表している。

涙を流して、ごはんを食べながら。

食事をおざなりにしていた頃は、自分の感情もぞんざいに扱っていたことに気が付いた。長いこと一人で生きてきた気になって、鈍麻であることに慣れてしまった。婚約者が他に走ったのも、もっともだったのかもしれない。

一人での食事がまずいわけではない。それが気楽で、居心地がいいときもある。けれど、二人と食べるようになって、しっかりと味わって食べるということ、何より楽しんで食べることを思い出した。

私は、母の料理が大好きだった。でも、料理をする母の背中を見るよりも、横に座って食べてほしかったのだ。

ずいぶん長い時間をかけて、寂しさが私の心に戻ってきた。

私の前には、泣きながら食べる二人の姿がある。美味《おい》しい美味しいと呟《つぶや》きながら、悲しみを共に噛《か》みくだいている。

どうしようもなく愛《いと》しい時間に、私は目を赤くしながら微笑んだ。

蓋《ふた》を開けてみれば、思っていたよりも簡単に事が進むということがある。咲希ちゃんのおにぎりを食べて、それを実感した。抱え続けることで、不安は膨れやすいのだ。

　私は先輩に連絡を取り、詳しい勤務条件について聞くことを決めた。会社の近くにあるというカフェで待ち合わせていると、約束の時間に彼女は駆け込んできた。適当に振る舞っているように見えるが、仕事に対しての姿勢はきっちりしているので、時間ギリギリにやってくるというのは珍しい。それだけ忙しくしているのだろう。

「いやぁ、ごめんごめん。明日ちゃん、ちょっと寝過ごしちゃって」

「こちらこそ、お忙しい時に時間をいただいてすみません」

　私が頭を下げると、彼女は飲み物を買いに行き、席に着くと紙束を取り出した。

「今のところの条件としては、こんなところなんだ。確認してもらえる？」

　私が条件として挙げたものがきちんと書かれていた。

「もちろん残業を全くしないということではないんですが。下の子がまだ就学前なので、これからもまだまだご迷惑をかけることになってしまうと思うんです」

「締め切りのある仕事だし、クライアントが我儘《わがまま》だと急ぎの対応が出てきたりもするけど、会社だからチームでカバーしていける体制を作りたいんだよね。だからむしろ、ここはこうしたいみたいなのがあったら教えてくれると助かる」

「こんなに融通してもらって、大丈夫なんですか？」

訝《いぶか》しげな目をむけると、先輩はわっはっはと豪快に笑った。

「私は明日ちゃんの、どうでもいいことにも一生懸命なところが好きなんだよね」

「褒められてる気がしませんけど」

「そんな細かいところ気にするかなっていうところにこだわったりするでしょ？」

うっと顔を顰《しか》める。よく上司に怒られていた。

「私はそんなところに目が行かないから、感心してたんだよね。自分と同じセンスなら負けてなるものかって悔しくなるけど、全くないものは面白いと思うしかないんだよ。この前送ってくれたポートフォリオも、よかったよ」

結人くんに頼まれた仕事をまとめたものだ。まとめていた自分としては「せせこましい仕事をしている」と恥ずかしくなった。けれど、自分の名前だけで責任を負った初めての仕事だ。それを憧《あこが》れの先輩は褒めてくれている。

「環境はできるだけ配慮する。信頼する部下として、一緒に成長してくれませんか？」

先輩は手を差し出した。憧れの人にそんなことを言われたら、首肯《うなず》くしかない。

「よろしくお願いします」

私はしっかりと両手で握り返した。

次の土曜日は、咲希ちゃんのリクエストでクレープバイキングをすることになった。

よほどバイキングという制度が気に入ったらしい。生地は幸希くんがせっせと焼いてくれ、具材をたんまりと用意して、ブランチとしてスタートした。

咲希ちゃんは早速自分で選んだものをクレープに包んでいくが、彼女の好きなままに任せてしまうと栄養が偏るので、敢《あ》えて「これは美味しいなあ」と誘うことが、幸希くんと暗黙の了解になった。

目の前のホットプレートで幸希くんが生地を焼き、咲希ちゃんが具を包んでくれる。なんて幸せな休日だろうか。

「迷ったんだけど、誘ってくれた先輩の会社で働こうと思う」

咲希ちゃんは口の端にクリームを付けたまま、きょとんとしている。

「かなちゃん、お洋服作るお仕事やめるの？」

「そうなの。本当は使いやすいおうちのことを考えるのがお仕事だったんだ」

「えー、やだぁ」

思わぬ抗議に、幸希くんは慌てるが、私は苦笑を漏らした。

「お仕事が決まったのを、喜んでほしいな」

私の言葉に、咲希ちゃんはむぅっと眉《まゆ》を寄せて考え始める。

「お仕事じゃなくても、咲希ちゃんのお洋服は、また作ろうね」

「それならいいよ」

私の言葉に、彼女は諸手《もろて》を挙げて賛成した。

「彼方さんが決めたことなら、別に異存はありません」

咲希ちゃんの顔を拭《ふ》いてやりながら、幸希くんは首肯いてくれた。

「忙しくて二人にも迷惑をかけるかもしれないけど、朝ごはんは必ず一緒に食べるようにするし、残業もできるだけしないようにする」

「オレだって、家事できるのに」

むっとする幸希くんに、私は「もちろん」と応《こた》える。

「幸希くんにも一緒にやってもらわないと、あっという間に躓《つまず》くと思う。咲希ちゃんもお手伝いをしてくれるかなあ？」

「うん！　さきちゃんなんでもできるよ！」

「みんなで協力して家事はやっていこう。でも、幸希くんは受験もあるでしょう」

「だから、それは――」

「うん。早く社会に出たいって焦る気持ちはわかる。でもね」

私は冷ましてあったクレープと、焼いたばかりのものを一枚ずつ、自分のお皿に載せた。

「こうやって、土台があるでしょう。自立に焦って、出来そうなことを仕事にするとするじゃない。でも、それは準備が整ってない」

生クリームにチョコスプレーをかけ、バナナを載せる。まだ温かい生地の上で、生クリームはどろどろと溶けてしまう。チョコレートも一緒に溶ければ幾分マシかもしれないけれど、そこまでの熱さはない。バナナも滑り落ちてしまった。まずくはないが、食べるには難が多い。

「大学に行って勉強をしながら、やりたいことを現実的に考える時間と知識を身につけると、社会に出るまでに選択肢が増えるし、準備をする時間ができる」

同じ具材を冷めたクレープに載せ、お店の見本のようなクレープを見せる。彼が二つを見比べているのを確認し、さらに上からチョコスプレーやカラーシュガーを振ると、咲希ちゃんから歓声があがった。

「確かに高卒で就職をすると、すぐに収入を得られるよ。でも、薬学部志望だったのは、やりたいことがあったんでしょう？　幸希くんが大学に進んだって、咲希ちゃんの進学費用が絶たれるわけじゃない。むしろ回り道だと思っても、大学へ行く方が二人の将来の選択肢は広がると思う」

せっかく夢があるのだから、進学をした方がいい。今の幸希くんが以前と同じ夢を抱いているかどうかまではわからないが、薬学部へ進んでも料理の道に変更することはできるし、その経験がまったく役に立たないということもないだろう。

「就職や専門学校を進路の一つに考えたとしても、今の勉強は止めない方がいい。やっぱり薬学部に進もうって決めたときにこそ、回り道になってしまうから。最終的に何を選んでもいいから、受験勉強は続けながら、ギリギリまで考えるといいよ」

私の言葉に、彼はぽかんと口を開けた。

「……いいんですか？」

「え？　何が？」

「先生と同じで、絶対反対されると思ってた」

幸希くんの困惑するような視線に、私は呆《あき》れたように肩を落とした。

「面談の時に言ったじゃない。どんな道でも応援するって」

彼は、そうでしたねと呟き、二つのクレープをじっと見つめた。咲希ちゃんは私と幸希くんを見比べた後、

「さきちゃん、このクレープ食べてもいい？」

と言って、私たちを笑わせた。

たくさん用意したクレープ生地も具材も、あっという間になくなった。私は咲希ちゃんのミルクと、自分たちの紅茶のおかわりを取りにキッチンへ立ち、ついでに冷蔵庫から取り出したものを皿に載せて戻った。

「あー、チョコのケーキだ！」

おなかいっぱい、と丸いお腹を擦《さす》っていたはずの咲希ちゃんは、食べる食べると連

呼している。

「アカシエのテリーヌ・ショコラ、この間買ってきたの。幸希くん、好きだったんでしょ？」

幸希くんは疑うような視線を向けたが、目の前に皿が置かれると、目を輝かせた。

咲希ちゃんは早速フォークを突き立てている。

「これね、お兄ちゃんが怒ると、ママが仕方ないなあって買ってきてくれるの。さきちゃんが怒っても、買ってくれないのにね」

口の周りをチョコだらけにしながら言った。きっと咲希ちゃんの怒りは持続しないし、他に機嫌の取れるものがたくさんあるからだろう。

幸希くんはふてくされたような表情で、恥ずかしさを隠そうとしている。

「ケンカした時は、なかなか素直になれないもんね。菜穂ちゃんも意外に頑固なところがあったから、お互いに好きなおやつを差し出して仲直りしたことあったなあ」

「そうなんです。これが謝るかわりで――」

幸希くんは、そこでピタリと手を止めた。何かを考え込むような、呆然《ぼうぜん》としているような目で、じっとテリーヌを見つめている。

「まさか……」

勢いよく立ち上がると、食べかけのお皿を残したまま、外へ出て行ってしまった。

ＬＩＮＥをしても返信はなく、とうとう日が暮れてしまった。
そして、夕食の時間になっても幸希くんが帰ってくることはなかった。

四話　しゃきしゃきキャベツの思い出味噌汁、塩加減多めで

コチ、コチ、と、時計の秒針が進んでいく。たった一秒が前に進むだけで、焦りが高まっていく。まだ八時、高校生なら許容範囲の時刻だ。それでも、幸希くんが何の連絡もなくこんなに遅くまで帰ってこないということは今までになかった。

LINEを開き、スクロールしていき、目当ての名前をタップする。しかし、トーク画面は開いたが、なんと声をかけたものか。数秒迷って、ビジネスメールのような文面を打った。

すると応答はメッセージではなく、通話でかかってきた。

『なんだよ、あの変なメッセージ』

涼太くんの声はふてくされている。私はそれを遮るように問いかけた。

「今日、幸希くんから連絡はなかった？」

『え、なんで？』

「……ちょっとまだ帰ってこなくて……、遊んでて連絡を忘れてるのかなって」

意図的に何でもないふりをするが、私の動揺は涼太くんにも伝わったようだ。

『さっき連絡したとき、行く場所があるからって言ってたけど』

「どこ⁉」

『そこまでは聞いてねぇよ』

苛立《いらだ》ったような声が返ってくる。

「なんか……なんでもいいから、幸希くんが行きそうな場所に心当たりとかない？」

涼太くんは電話の向こうで黙り込んだ。そして、あっと声を上げた。

『自分が原因だったのかも、みたいなことを言ってたな。それが何かは教えてくれなかったけど』

今度は、私が腑《ふ》に落ちる番だった。

幸希くんの様子がおかしくなったのは、テリーヌ・ショコラを出してから。いや、出したときには、嬉《うれ》しそうにしていた。雰囲気が変わったのは……。

「そうだ、仲直り！」

従姉《いとこ》とケンカをしたときに、あのケーキで仲直りをしていたという。そして、事故に遭った朝、二人はケンカしていた……。そこにヒントが隠されている。

『なんか困ってることがあるなら、あんたじゃなくて幸希自身に頼ってほしいよ』

涼太くんの深いため息が聞こえた。

『あいつは、誰かの頼み事は引き受けるけど、自分から助けを求めてくれないんだ。もどかしいんだよ、ったく。でも、あんたなら助けてやれるんだろ？』

そうでありたい。願いを込めて答える。

「もちろん」

『幸希のこと、頼むぜ』

お互いに心当たりを捜してみると告げて電話を切る。

幸希くんにもかけてみるけれど、『電話に出ることができないか──』という不通の案内が流れる。

一瞬、ぞっとする考えに囚《とら》われ、必死に頭を振った。バッグをひっ摑《つか》み──服の裾《すそ》を摑んだ手に、ハタと手を止めた。

突然出かける準備を始めた私を見上げる小さな目が、不安そうに揺れている。私はしゃがみこんで、その目を見つめ返す。

「さきちゃんも行くぅ」

置いていかれまいと、手に力がこもるのがわかった。しかし、今日ばかりは彼女の望みに従うわけにはいかない。

私の勘が当たっていればいいが、そうでなければ捜し回ることになる。もう遅い時間に、幼い咲希ちゃんを連れ回すことはできず、一人で残していくわけにもいかない。

思いつくただ一つの頼る先に、今日こそ私は迷わなかった。電話をかけると、いつものようにすぐに繋《つな》がった。

「……というわけで、咲希ちゃんを預かってもらえないかな」

『それはいいんだけど、僕も一緒に捜すよ。人手は多い方がいいでしょう？』

「え⁉ じゃあ咲希ちゃんは？」

驚きの声に返ってきたのは、もっと驚く提案だった。

『彼方ちゃんがよければ、うちの両親に見ていてもらおう。家にお邪魔することになっても平気？』

「それは……ここは元々由貴緒の家だし、ご両親も信頼してるけど……大丈夫かな」

順応性の高い咲希ちゃんではあるけれど、私の焦燥に、彼女の不安も高まっている。そんなときに見知らぬ人に預けられるというのは、さらなる恐怖を味わうことにならないだろうか。

『不安はあると思うけど、うちの両親はなかなかのものだよ』

気掛かりを残しながらも、私はその提案に乗ることにした。

あまり時間を置かずにインターホンが鳴り、咲希ちゃんは目を怒らせつつ、玄関に向かう私の後ろに隠れた。ドアを開けると、いきなりポンと花束が飛び出す。臨戦態勢にあった咲希ちゃんも、これには目を白黒とさせ、差し出された花束を素直に受け取っている。

「はじめまして、君が咲希ちゃんかな？」

咲希ちゃんは目をまん丸にさせたまま、こくりと首肯《うなず》く。高梨のおじさんは、「あれ？」と言いながら、咲希ちゃんの頭に手を伸ばした。彼女はびくりと身を引いたが、おじさんの手は、いつの間にか一輪の花を摘まんでいる。引き結ばれていた咲希ちゃんの口は緩み、キラキラとした視線をおじさんに向けた。

「おじちゃんは、魔法使いなの!?」

咲希ちゃんはすっかり懐柔されたようだ。高梨のおばさんも、手にしていた紙袋を持ち上げて、部屋の中で見ましょうねと誘っている。

咲希ちゃんが「こっちだよ！」と先頭に立ち、おじさんを自ら部屋へ招き入れている。残ったおばさんに、私は深く頭を下げた。

「急に、こんなご迷惑をおかけしてすみません」

「久しぶりに小さい子と遊べて嬉しいわ。早くお兄ちゃんと一緒に帰ってらっしゃい」

ポンと肩を叩《たた》かれ、咲希ちゃんが夢中なうちに玄関をそっと出た。

エレベーターの中で、結人くんが苦笑する。

「最近、手品が趣味らしい」

「昔からおじさんは多趣味だったけど……びっくりした」

「力が入ってたからね。余裕がないと、視界が狭くなるよ」

結人くんのわざとらしい深呼吸を見て、全身に力が入っていたことを意識する。張り詰めていた気持ちを、少しだけほぐしてもらったようだ。

「行き先に、覚えはあるの？」

「確実ではないんだけど、従姉の家に捜しに行きたいと思ってるの」

従姉夫婦が亡くなった朝、彼女とケンカしたことを思い出しての行動なら、家族の思い出の地に行っている可能性が高いのではないか。私がわかるのは、一番思い出が詰まっているだろうこどもたちの実家だけだ。

「じゃあ、僕はひとまずこの辺りを見回っておく。もう暗いし、気をつけてね」

詳しい事情を聞かなくても助けてくれるのは、面倒見がいいだけではない。結人くんの優しさだ。

「……なんでこんなに助けてくれるの？」

二人を引き取ると決めてから、覚悟はしていたのに、不安でいっぱいだった。それでもなんとかやってこられたのは、躓《つまず》く度に彼がすぐに気付き、引き起こしてくれたからだ。

きっと、迷子のような顔をしているだろう。情けなさと、安心感で、心の奥からなんだかわからない感情があふれ出しそうだ。

彼は笑って、私の頭を撫《な》でた。

「その話は、幸希くんが見つかって、落ち着いてからね」

結人くんはきょろきょろと辺りに目を向けながら、エントランスを出て行った。私は駅前でタクシーに乗り、従姉の家へと直接向かった。

クラウンの沈むようなシートにも、背を預けずに流れていく街並みにぼんやりと目を向ける。

涼太くんが言っていたように、幸希くんは一人で問題を抱え込む。それでも少しは荷物を預けてくれるようになっていたのに、今回はできなかった理由があったはずなのだ。

菜穂ちゃんたちは、テリーヌ・ショコラを買いに浦和へ来て、事故に遭ったのかもしれない。その朝にケンカをしていたのなら、仲直りのために買いに行ったと考えるのが自然だろう。幸希くんは、想像したはずだ。

もし、自分があの朝、ケンカなどしなかったら――と。

従姉の家に着き、鍵《かぎ》を挿したところで違和感に気付く。試しに鍵を捻《ひね》ってみるが、ドアはすでに開いている。度々様子を見に来ているが、毎回戸締まりはしっかりと確認しているはずだ。おそるおそる玄関を覗《のぞ》き込むと、見覚えのある靴が散らばっている。自分の予想が当たっていたという安堵《あんど》と、少しの不安を抱き、ブレーカーを上げずに中へ入った。

前回風を通しに来た時とは、明らかに部屋の様子が違う。投げられたような手紙類が散乱し、ゴミ箱が倒れている。

若干の警戒を残したまま、「幸希くん?」と名前を呼んだ。返事はない。が、彼の部屋だと思われる方から、がさっという微《かす》かな物音がした。足音を立てないように部屋まで行き、そっとドアを開けた。

暗い部屋で背を向けて座り込んでいた幸希くんは、ドアの音に釣られたのか、ゆっくりと振り向いた。しかし、目は虚《うつ》ろで、私を認識しているのか怪しい。

どんよりと暗い瞳《ひとみ》は、従姉《いとこ》の通夜で見たものだ。否、あの時よりも深い闇に、彼は真っ逆さまに墜《お》ちていこうとしている。

見えているのか定かではない彼の前に跪《ひざまず》き、

「帰ろう」

と声をかけた。彼の目は一瞬揺れたが、徐《おもむろ》に目を伏せた。

それ以上は何も言わず、じっと待った。

秋分も過ぎたというのに、まだ昼間の熱は夜まで居残る。クーラーも付けていない部屋で、身体はじっとりと汗ばんでいく。意識はあるのだろうかと不安になった頃、ようやく彼の乾いた唇が動いた。声まで嗄《か》れているため、言葉は耳まで届かない。聞き返すと、彼は黒々とした目を私に向けた。

「オレが、両親を殺したんです」

幸希くんははっきりと言った。

従姉夫婦が亡くなったのは、事故に巻き込まれたからだと聞いている。彼もそれはわかっているだろう。ただ真面目すぎるだけだ。

「どうしてそう思ったの？」

彼は再び目を床に落とした。考えに自信がないというより、直視できないという様子だ。

「両親が死んだ朝、母さんとケンカして、朝ごはんを食べずに家を出たんです。部活をしてたら、昼頃に警察から学校に電話が来て……。事故に遭った場所は、父さんの職場とは方向が違うから不思議だったんだけど、浦和に向かってたんですね。だから、オレが殺したようなもんなんですよ」

「浦和に向かってたとして、なんで幸希くんが殺したことになるの？」

「だって、オレの機嫌を取るためのものを買いに行ったんです！　回り道になるから、いつもより早い時間に、いつもと違う道を通って行ったのは、オレがつまらないことでふてくされて家を出て行ったから。いつも母さんはオレたちを喜ばせようとして……オレのせいなんですよっ!!」

叫ぶように言うと、立てた膝《ひざ》の間に顔を埋《うず》める。

「咲希に合わせる顔がない。彼方さんに面倒をかける資格もない」

赤ちゃんをあやすように、私はポンポンと幸希くんの膝を打つ。

「バカだなあ。あんなに頭がいいのに、幸希くんはバカだ」

何を言い出すのかと、彼はゆっくりと顔を上げた。

「菜穂ちゃんたちが亡くなったのは、事故。巻き込まれたのは不幸だったけど、それは幸希くんがどう考えようが、変わらない事実。いつもと違う道を行ってたとしても、それを決めたのは菜穂ちゃんたちだし、原因は事故に巻き込まれたこと。幸希くんのせいじゃない。そんなことは絶対にない」

慰めの言葉に、彼は納得した様子はない。私だって、そんな簡単に気持ちが切り替えられるとは思っていない。

「もしも、って考えたことは、私だってある。もっと早く母の体調に気が付いていたら、一緒にごはんを作っていたら、伯母《おば》さんや菜穂ちゃんと連絡を取り合っていたら、素直に助けを求められていたら……」

幸希くんと咲希ちゃんの二人と、暮らすようにならなかったら、この先もずっと手料理を食べることなんてなかったのかもしれない。

もう、私にはそんな生活は考えられないのだ。

「どうしたって過去は変えられない。私たちは未来を決めることしかできないんだよ」

彼の唇が、微かに動く。宙を見つめていた瞳が、私を捉《とら》えた。

「帰ろう。咲希ちゃんも寂しがってたよ」

幸希くんが本当に一緒に帰ってくれるかどうかが不安だった。しかし、存外素直に立ち上がってくれた。

横には並ばないが、一緒に行動しているとわかるぐらいの距離で付いてくる。ちょうど通りかかったタクシーを止め、彼を中へ押し込める。

私と暮らす家へとやってきたとき、彼は挑むように車窓に流れる景色を見つめていた。しかし今は力なく、ぼんやりと自分の膝に目を落としている。

そんな彼の横顔を見ながら、自分の幼い頃を思い返す。

私は、どんな言葉をかけてもらいたかっただろう。幼い頃の心細さからは母が守ってくれたし、母が亡くなった時は、放っておいてくれと外部を遮断してしまった。安易に人との関係性を絶つという選択をした自分が憎々しい。

それでも、私を助けてくれた人たちの姿を思い描く。

人から遠ざかったのは、好奇心を露《あら》わにすることや腫《は》れ物に触るような対応が嫌だったのだ。だからこそ、変わらない態度を貫いてくれた由貴緒と結人くんが救いだった。

それしか思い浮かばない。私は『いつも通り』に過ごそう。


家に着いた後は、高梨家一同に頭を下げ、寝ていた咲希ちゃんを私のベッドへ運び、幸希くんは一人で寝かせることにした。

翌朝は咲希ちゃんを起こし、一緒に朝食の準備に誘うが、眠いとぐずつき、ソファーの上でお尻《しり》を突き出しながら団子のように丸まってしまった。

「仕方ないなあ」

苦笑しながらも、こどもらしい姿は微笑ましく映る。

今日はピザ風味のホットサンドと、スクランブルエッグ、市販の粉を溶いたカップスープだ。作り置きのクルトンを好きなだけ入れられるという手抜きメニューだが、咲希ちゃんは自分で入れるというところが楽しいらしい。

「咲希ちゃん、幸希くんを起こしてきてくれる？」

スープに牛乳を足しながら頼むと、咲希ちゃんは勢いよく起き上がった。気が済むまでソファーの上でもぞもぞしたおかげか、元気よく部屋へと駆けていった。

バウルーからパンを取り出し、二つに切り分けているとドアが開いた。

「おはよう」

目が合うと、幸希くんは気まずさを隠すように目を逸《そ》らした。それでも挨拶《あいさつ》は返してくれる。よかった、顔色も悪くはない。

ホットサンドを切り分けると、中からとろりとチーズが零《こぼ》れ出る。咲希ちゃんが目をキラキラとさせながら、えへへっと笑う。

「いただきます」

三人で手を合わせる。咲希ちゃんは早速チーズに噛《か》みつき、「あちっ」と声を上げた。

「焼けたばかりだから、気をつけて食べてね」

冷たい牛乳を渡すと、咲希ちゃんは勢いよく口を付けた。出して見せてくれた舌は、赤いより白く染まっている。

「ネズミさんで食べる」

眉《まゆ》を下げながら、フーッと息を掛けた咲希ちゃんは小さな口で食べることを再開させた。しかし、びよーんとチーズを伸ばしながら楽しそうにしている。

幸希くんがチラチラと見ていることがわかったが、「やけどしないように気をつけてね」と言うだけで、私もホットサンドを口にした。思った以上にチーズが伸びて、どこで切ったらいいのかと慌てていると、こどもたちが笑った。私も照れ隠しに笑いを返すと、ようやく幸希くんも朝食に手を付けた。

「そういえば、来週からは、仕事が始まった時のタイムスケジュールを試してみていいかな？」

「たいむんけーる？」

「朝ごはんを食べるとか、準備をしたり家を出る予定の時間のことだよ。仕事が始まったときと同じ時間で過ごしてみてもいいかな」

咲希ちゃんはわかったーと返事をしたが、多分あまりわかっていないだろう。幸希くんは何か言いたげな目をしていたが、こくりと首肯《うなず》いた。

二人を送り出した後、先輩へ連絡を取り、昼前に買い物へ出かけた。

浦和にも美味《おい》しいものはたくさんあるが、赤羽《あかばね》まで足を延ばす。東口を出て、スズラン通りの方へと向かう。途中で曲がり、セキネでシュウマイと肉まんを買い、公園で肉まんの包みを取り出した。

公園では咲希ちゃんと同じぐらいの子が母親や父親と遊んでいる。この幼さで両親を亡くしてしまう悲しみもわかるが、私はそろそろ遺《のこ》して逝《い》く親の無念もわかる年齢になってきた。ましてや、己の死に我が子が「自分のせい」と自責の念に駆られた姿は、天国でもハラハラしてしまうことだろう。

幸希くんは私に何も言われないことに肩透かしをくらった様子だったが、それ以上に安心しているようにも見えた。けれど、見て見ぬふりをして、手料理を避けてきた私はもうわかっている。知らないふりをするだけでは、本当の解決にはならない。

一口嚙むと、肉汁がじゅわりとあふれ出た。以前とは食事に対する向き合い方が変わったからだろうか。考え事をしながら食べているのに、しっかりと味を感じることができている。

しかし、せっかく美味しいものを食べているのだ。ならば……と、二口目の肉まんを味わう。ふかふかの皮を歯が突き破ると、プリプリとした肉からにじみ出た脂の甘みが口の中を幸福で満たしてくれる。こどもたちへのお土産用に冷たい肉まんも買ってあるので、夕飯に出してあげよう。

お腹を満たし、考え事を再開させる。

事故には幸希くんの責任は全くない。それは間違いない。けれど今の彼には、どんな言葉を投げかけても、届かない。言葉以外の何か……。自分の高校時代の記憶をひっくり返しても、私がしてあげられることは何も浮かばない。

悄然《しょうぜん》としたまま、待ち合わせの場所へと向かった。

利用頻度の高くなった喫茶店の入り口で、ちょうど結人くんが向こうから歩いてくるところが見えた。店の前で待ち、一緒に中へ入る。

「昨日は本当にありがとうございました」

頭を下げながら、買ってきたシュウマイの包みを差し出した。

「そんな気を遣わなくていいのに。でも、ありがたくちょうだいします。ここの、家族で大好物なんだって、覚えてくれたんだね」

「ふふ、教えてくれたのが、おじさんだったからね」

由貴緒の家に遊びに行き、誘われた夕飯でテーブルに広がった量に驚いた記憶は、いつまでも忘れないだろう。多めの量は買ってきたが、満足してもらえるかは不安なところだ。

「ところで……待っていてもらった就職の話なんだけど」

結人くんの瞳《ひとみ》が期待に輝いたことが心苦しい。私はテーブルに付くほど、頭を下げた。

「ごめんなさい。先輩の会社で働こうと思います」

「この間、誘われたって言ってたところ？」

こくりと首肯《うなず》きを返す。

「結人くんの話も嬉《うれ》しかった。私のことだけじゃなくて、二人のことまで考えてくれてたのも、本当にありがたいと思ったの。でも、多分高梨不動産で働いていたら、私は気を緩めちゃうと思った」

気心の知れた仲だからこそ、緊迫感を持って仕事に取り組めるということもあるが、時間が経つとなあなあになりがちだ。今のスキルでやっていけてしまったら、それ以上の勉強を自分でしていけるかというのも不安だ。

顔を上げることができず、頭を下げたまま話す。

「デザイナーとして憧《あこが》れている先輩だから、デザイナーとしてやっていくための勉強がもっとできる。そうして力をつけたら、自信がつくと思うんだ」

ふーっという長い息が聞こえた。顔を上げると、結人は困ったように笑っていた。

「なかなか上手《うま》くいかないね。弱みにつけこもうとしたんだけど」

「そんな悪役みたいな台詞《せりふ》、結人くんには似合わないよ」

「彼方ちゃんが思ってるほど、善人じゃないからねぇ」

そんなことを言いながらも、私を見る目は優しい。

「憧れていた人から誘われるなんて、すごいじゃないか。おめでとう」

ストレートな褒め言葉のおかげで、罪悪感が薄まり賞賛を素直に受け取ることができた。どんなにすごい先輩なのかを少しだけ語り、心配を少し零《こぼ》す。

「忙しくなるから、二人には迷惑を掛けてしまうんだけど……特に今は、ちょっと」

入社の時期は、少し待ってもらえることになった。それでも数週間の話だ。幸希くんが深刻な悩みを抱えてしまった今、本当に始めてしまって大丈夫だろうかという悩みに変わった。

「幸希くんの様子、今朝はどうだった？」

「私がいつも通りすぎて、拍子抜けしてた。でも、不甲斐《ふがい》ないな。似たような境遇を過ごしたはずなのに、してあげられることが何も思いつかないなんて」

アイスコーヒーを飲みながら、結人くんはおやっと眉を上げた。

「彼方ちゃんは、それでいいんじゃないの？」

「え？　だって、何もしてないんだよ？」

「彼方ちゃんの時は、何もしてほしくなさそうに見えたけど」

父が死んだ時と、母が死んだ時のことだろう。二人は私に慰めの言葉は言わなかった。悲しんでいるときには声もかけず傍に居てくれて、それまでのように遊びに誘ってくれた。

「……でも、従姉《いとこ》夫婦が亡くなったとき、私は彼らを放置して、苦しめてしまったんだよ」

「あのときは、彼方ちゃんの目は外へ向いていた。今は、彼らの方をしっかり向いてるじゃないか。目を離さずにいれば、危険はないかどうかも判断できる。無理に明るい場所へ引き出さなくても、話したくなるタイミングを待ってもいいんじゃないかな。天照《あまてらす》ってわけでもないんだし」

急に神話を引き合いに出され、引き結んでいた唇が思わず緩んだ。

「この間少し話をした程度しかわからないんだけど、彼は自分のことよりも、他の人のことを優先しちゃうんじゃないかな。励ましたら、悲しみを隠そうとするかもしれない。それで立ち直れるならいいけど、押し込めたもので苦しんでいる人のことを、僕は知ってるから」

にこりと笑って、結人くんは真っ直ぐに私を見つめた。私はそっと目を逸《そ》らす。

「自分から吐き出せる時を待ってあげたらいいんじゃないかな。変わらないってことを態度で見せられるのは、一緒に暮らしている彼方ちゃんだからできることじゃない？　何もできてないなんてことはないよ」

「一緒にいるだけで……」

最初はお互いに違和感だらけだった同居生活は、最近になってようやく当たり前のものになってきた。自然と培ってきたものが幸希くんの救いになっているのなら、私がするべきことは、「いつも」を守ることだろう。

何もできなくても、救えていたという可能性に息を吐く。

張り詰めていた心が軽くなった。

「ありがとう、結人くん。見守ることにする」

「お礼はいいから、全部解決したらまたどこかに遊びに行こう」

にこりと満面に笑みを浮かべているのに、なんだか迫力がある。拒否するつもりはないけれど、こくこくと首肯《うなず》く。なんだろう。また変な仕事でも頼まれるのかな？

一週間が過ぎると、最初は気もそぞろに過ごしていた幸希くんは、少しずつ落ち着いた表情になることが増えてきた。それでも時折、自分の告白を私がどう思っているのか、自分はどうしたらいいのかと迷っているような目を向けてくる。自分から話したいのであれば、私は聞く。けれど、責めてほしそうな視線に応《こた》えることはできない。

早めの出勤という事態を想定して、先に出ることにした私は、ゴミ出しをしてくれた幸希くんにすれ違いざまに尋ねた。

「今度の土曜日、何か朝ごはんに食べたいものある？」

彼は少し考えるように視線を宙に向け、はっとした。そのまま床に視線を落として、小さな声で答えた。

「キャベツの味噌汁《みそしる》」

それだけ言うと、手を洗うために洗面所へ入ってしまう。

食べたいものを思いついたにしては、不穏な様子だった。

しかも、キャベツの味噌汁。どんな理由があるのだろう。

試験的なタイムスケジュールの通りに動いているだけなので、実際に遅刻をするわけではない。けれど、決めた時間を守れなければ、意味がない。

「お迎えは私が行くから」

大事な要件だけ伝えると、洗面所からは「お願いします」といつもの調子で返事がきた。少しだけほっとして、朝活をするために喫茶店へと向かった。

仕事を始めるまでの時間は、先輩から勧められた本を読むなどの勉強や、仕事を効率的に終えるためにはどうしたらいいのかという試行錯誤を行うことにしていた。

保育園にもだいぶ慣れた咲希ちゃんは、お迎えに来た私を見つけると嬉しそうに走り寄ってくる。今日は早めに切り上げたため、一品を作るだけの時間もある。咲希ちゃんのリクエストでオムライスを作ることになり、スーパーで切り干し大根や揚げ出し豆腐などの惣菜《そうざい》もかごに入れる。

最後に野菜コーナーを回り、キャベツに目を留めた。

「そういえば、今度のお休みの朝ごはんは、キャベツのお味噌汁でもいい？」

なんとはなしに問いかけると、咲希ちゃんは珍しく唖然《あぜん》とした。

「……つるつるめんめんの？」

キャベツのお味噌汁で、麺《めん》？　違和感はあるが、なんだか記憶にひっかかるものもある。物を詰め込みすぎて開かなくなった引き出しを引っ張るように、力任せにしたり、なだめすかしてみたりするが、どうにも自分だけでは思い出せそうにない。

「キャベツのおみそしるは、ママとパパがいなくなった日の朝に食べたごはん」

朝ごはん。味噌汁。麺入りの。そこでようやく私は、引き出しの奥から目当てのものを見つけたのだった。

「キャベツのお味噌汁、咲希ちゃんは飲みたくない?」

しょぼくれた様子からすると、歓迎したいメニューではなさそうだ。咲希ちゃんは迷うように口を開いた。

「だってね、あのね、かなちゃんはどこかに行っちゃったりしない? さきちゃんはちょっと怖くなっちゃうんだよね」

関連性はなくても、記憶同士はおかしな結びつきをして定着してしまうことがある。彼女の場合、朝食に出た味噌汁と両親の不在が繋《つな》がってしまったのだろう。

「お兄ちゃんが、また怒って出かけたりしない? かなちゃんもいなくなったりしない? さきちゃんがほいくえん行ってる間に、みんないなくなったりしない?」

幼い彼女にきちんと説明した人はいなかっただろう。私も時が来るまでそっとしておくという名目で、事故のことを幸希くんや咲希ちゃんと話したことはない。彼女からしたら、いつもの朝に少しだけ違うことがあり、幼稚園に行っている間に突然世界が一変してしまったのだ。何も分からずに翻弄《ほんろう》され、何もかも必死だったことだろう。

喉がヒリヒリと痛くなるのを感じながら、咲希ちゃんの前に跪《ひざまず》いた。

「ぎゅーってしてもいい?」

少し腕を開くと、彼女は返事をするよりも早く胸に飛び込んできた。私の首に腕を回し、苦しいぐらいにしがみついてくる。これまでしてきた我慢を全てぶつけているかのようだ。

「いっぱい頑張ってきたね。怖かったね。ごめんね」

躊躇《ちゅうちょ》なく自分のすべてを預けてくる存在を、力を込めて抱きしめ返した。咲希ちゃんはぐりぐりと肩口に顔をこすりつけてくる。まるで私の身体の中に入り込もうとでもしているようだ。

きちんと寄る辺になれたのか。

「私はどこにも行かないよ」

そんな約束は誰にもできないのに、確信を持って答えた。咲希ちゃんは安心したのか、首を絞めていた力が少し弱まり、私も優しく抱きしめ直す。「絶対」はないけれど、私の方から二人を追い出すことは絶対にない。やがて彼らは自分から出て行くのだ。幸希くんが高校を卒業したら、二人で暮らす。そういう寂しい約束になっている。

「できたらずっとずっと、一緒に暮らしていきたいな」

感傷を呟《つぶや》くと、咲希ちゃんは身を起こして私の目を見つめた。こすっていたせいで、鼻とおでこが赤くなっている。

「ずっと？　さきちゃんが大人になっても？」

「大人になったら、咲希ちゃんの方が一緒に暮らしたくないって言うんじゃないかなあ？」

「そんなことないもん」

咲希ちゃんはベーっと舌を出した。機嫌を損ねてしまったようだが、再び優しく首に絡みついてきた。

「さきちゃんも、久しぶりにキャベツのおみそしる食べたい」

「いいの？」

「うん。ざっくりキャベツとね、豚さんのお肉とね、おそうめんとね、甘く煮たおナスと、あおさが入ってたの」

あの朝に入っていた味噌汁の具材のようだ。咲希ちゃんには酷なことかもしれないが、私は続けて尋ねた。

「お味噌汁の他に、何かおかずはあった？」

彼女は辛《つら》そうな様子などなく、えっとねーとかわいらしく考え込む。

「キノコの卵焼き。白いきのこをこまかーく切って、卵にまぜまぜしてあるの。裂くのをお手伝いしたんだよ」

料理をさっと作ってしまう従姉《いとこ》にしたら、品数が少ないようにも思える。しかし、私にはもうその理由がわかっている。卵焼きが付いているだけでもすごいのだ。

母は、《ごった味噌汁》と呼んでいた。旬の野菜やそうめん、冷蔵庫の残り物の肉や野菜など、とにかく何でも入れてしまう具だくさんの味噌汁なので、使われる食材はいつも同じというわけではない。私が高校に上がる頃にはあまり出てこなくなったが、それまでは朝ごはんとして登場する回数は多かった。咲希ちゃんに聞いてみると、どうやら同じようなもので、従姉は毎回キャベツを欠かさず入れていたから《キャベツの味噌汁》と呼んでいたそうだ。

伯母《おば》の発想なのか、会ったことのない祖母のレシピなのか知らないが、どうやら母も伯母も少しずつ形を変えて同じメニューを作っていたらしい。

私にも思い出深いものなので、多分作ることはできるだろう、が……。

「なんで幸希くんは、これを食べたいと思ったのかな」

あの日をやり直したいとでも思っているのだろうか。

金曜日の夜、二人が部屋へ戻ると、私はエプロンを着けた。

《ごった味噌汁》は余り物で作ることもできるが、実は準備も必要な料理であることに初めて気が付いた。そうめんやあおさは明日《あした》の朝に用意するが、今回はナスを煮ておかねばならない。咲希ちゃんに尋ねたところ、甘めの味付けにした煮浸しのようだ。ついでにキャベツや豚肉、卵焼きに入れるエリンギの下ごしらえまで済ませておくことにした。

まだいくつもの行程を同時に行うことには不安があるので、まずはナスの煮浸しを作り、冷ましておくことにした。次は、夕食前に咲希ちゃんと裂いておいたエリンギをみじんぎりにする。一番面倒な作業だけれど、タマネギのように目に染みることもなく、弾力のあるキノコは苦もなく小さくなった。食材のカットを済ませ、今すぐに使わないものを冷蔵庫にしまう。粗熱が取れたナスを味見すると、じゅわりと煮汁が染み出てくる。少し甘すぎた気もするが、味噌汁《みそしる》に入れるのだからこんなものかもしれない。

「残り物じゃなくて、わざわざ作ったのかな。それとも味付けし直した？」

どちらにしても、美味《おい》しく食べられるようにという従姉の工夫に、親としての思いを感じる。

珍しく幸希くんは目をこすりながら、ぼんやりとした顔をして部屋から出てきた。

咲希ちゃんはルンルンとご機嫌なので、無理に起こされたのだろう。

「座っていいよ」

笑いながら、私は本を置いて立ち上がった。

鍋《なべ》を火に掛け、用意しておいた卵焼き液を四角いフライパンに流し込む。ジュッと音がして、香ばしさが一瞬で広がる。未《いま》だにピシッと上手《うま》くは巻けない。それでもなんとか形になるぐらいには作れるようになってきた。

卵が焼けると、鍋の中身も温まっていた。手抜き料理でも、出汁《だし》パックを使うとそれなりに美味しい味噌汁を作ることができると知ったのも、この生活が始まってから。

朝食をテーブルに並べると、リクエストをした本人である幸希くんは、呆然《ぼうぜん》としている。もしかして、これじゃなかったのか。本当に普通の《キャベツの味噌汁》のことを言っていたのなら、トラウマを掘り起こしてしまったかもしれない。

どうしよう、と焦っていると、彼は呟いた。

「なんで……」

その言葉を聞いてほっとする。「これはなんだ」ではない。要望が叶《かな》うとは思わなかった時の驚きだ。

「冷める前に食べよう。いただきます」

「いっただきまーす」

我ながら、母の味に似ていると思う。すなわち上手くいったという印象だが、従姉の味とはどうだろうか。二人の様子を窺《うかが》っていると、幸希くんはまだ驚いたまま、箸《はし》を手にしようとしない。咲希ちゃんは汁を飲むと、ナスを口に入れた。

「おいしい！　ママの味だ！」

私に安堵《あんど》をもたらした言葉で、幸希くんはびくりと身体を大きく揺らした。

全く同じ味というわけではないだろう。私の味付けに慣れてきたことで、記憶に補正がかかっている。それでも、思い出の味と違うと感じさせてしまうのは、よすがを汚してしまう気がしていたから、咲希ちゃんの言葉には安心が大きい。

「うちでもね、よく食べてたんだ。でも、小さい頃はあんまりこれが好きじゃなかったんだよねぇ」

味噌汁の中のキャベツをお箸で持ち上げる。

「なーんか、歯がかゆくなってくるんだ。なんでだろう」

咲希ちゃんはそんなことないなーと首を傾げ、幸希くんは口元を緩めて首肯《うなず》いた。

「オレもそうでした。それである日文句言ったんです。そうしたら、次の時からきゅっきゅしなくなりました」

ようやく彼はお椀《わん》に口を付け、キャベツを咀嚼《そしゃく》すると「うー」と身を震わせた。彼にしてみると、懐かしくもおぞましい感触なのだろう。

「菜穂ちゃんはどうしてたの？」

「味噌汁に入れる前に、塩茹《ゆ》でをするようにしたんだそうです。聞いたときはへーって思っただけだったけど、一手間増えるって、結構面倒ですよね」

聞いていると温かいエピソードだが、幸希くんは落ち込んでいる様子だ。両親に負い目を感じるようになった今、全てのことに対して申し訳なく思ってしまうのだろう。

私もそんな風に思ったことがある。でも、見守る立場になってみて、初めてわかったこともある。

「私も自分で料理を作るようになって初めて理解したことって、たくさんあるよ」

ナスの甘みは思った通りに、味噌汁の味に馴染《なじ》んでいる。きっと従姉は、ナスを煮ることなんて、手間とも思わなかったに違いない。

「なんでこんな手間をかけるんだろうって工程もあるし、面倒で手順を飛ばしても味の違いがよくわからないこともある。でも、菜穂ちゃんが味噌汁に入れる前にキャベツを塩茹でしたように、食べる人が美味しいって思ってくれるような工夫っていうのは、全然手間じゃないんだ。もりもり食べてくれる姿を見るほうが嬉《うれ》しいから」

塩茹でをしたら、味噌汁の中のキャベツへの苦手意識も消えるだろうか。次回は必ずそうしてみようと決めると、楽しみが増していく。

「お父さんが死んですぐに、このメニューばっかり出てきたことがあったんだ。急に環境が変わってイライラすることもあったし、手抜きだとか、嫌いだから食べないとか言って、母に怒りをぶつけてた。まあ、それ以外に食べるものなかったから結局は食べたんだけど」

幸希くんが咲希ちゃんを見る。彼女は思い当たることがあったのか、ごまかすようにえへへと笑った。

「理不尽な怒りをぶつけられてるのに母はあっけらかんとして、『いっぺんにいろんな栄養が摂《と》れて、楽でいいでしょ』って澄ました顔しててさ。家事も仕事もあって忙しいんだろうなって納得してたんだけど、今回作ってみて、具材も手間もそこそこあるから、劇的に楽なわけでもないんだよね。でも麺《めん》以外は作り置きができるし、レンジのうどんでもいい。暑い季節は冷蔵庫から出してそのまま食卓に並べてもいいし、寒い時には温めればさっと食べられるから、食べる時の手間は少なくて、みんなで揃って食べられるメニューなんだ」

「楽だ」という言い訳をしながら、母は私と一緒に食べる時間を優先してくれたのだと、今になって気が付く。

母の思いから選ばれたメニューに文句を付け、それでいて一人の食事は寂しいから手料理が嫌いになっただなんて、なんて我《わ》が儘《まま》な言い分だろう。

自分のひどさに打ちひしがれながら、味噌汁の水面が揺れていることに気が付いた。小さな円が雨だれのように広がっている。手で頬を押さえると、それは自分の目から零《こぼ》れているものだった。

「かなちゃん、泣かないでぇ」

自分の方が泣きそうな咲希ちゃんの顔が、モザイクをかけたように滲《にじ》んでいる。差し出された箱をティッシュだと察して、幸希くんにお礼を言って数枚を引き抜いた。

今更、両親を亡くした悲しみが押し寄せたというわけではない。自分の不甲斐《ふがい》なさに泣けたというのは多少あるが、大きな後悔で心が渦巻いている。

「なんであの時間を大切にしなかったんだろう」

世界一の敵だと思うぐらいに憎しみをぶつけたケンカも、今となってはちっぽけで些細《ささい》なものだ。自分の全てをぶつけても相手をしてくれたから、甘えていた。後から悔やむものだというけれど、なぜその時に大事なものを大事だと気付けないのだろう。

悔しくて、腹立たしい。

それでも、両親のことを考えながら泣くのは、母の一周忌以来だ。

垂れ流れそうな鼻水をティッシュで擤《か》むと、頭の中に勢いよく空気が流れていく。澱《よど》んだものが入れ替わり、気持ちもすっきりしていく。

「私たちは若いうちに親を亡くして、もっと積み重ねるはずだった思い出も、もう得られなくなってしまった。どんなに後悔しても、もう手に入れることはできない。どうやったって過去には戻れないけど、前に進むしかないからこそ、楽しかった思い出を笑いながら語れるようになりたい」

幸希くんを見つめた。

彼は視線を彷徨《さまよ》わせたが、泣きそうな瞳《ひとみ》で私を見つめ返した。

「……苦しいです。今は、思い出すものの何もかもに胸が苦しくなる」

幸希くんは咲希ちゃんに向き直る。真剣さが伝わったのか、彼女は手に持っていたものをテーブルに置いた。

「母さんと父さんは、オレの機嫌を直すためにお菓子を買いに行って事故に遭ったんだ。オレが殺したようなもんなんだ、ごめん、ごめんな」

涙ながらに話す幸希くんに頭を撫《な》でられている咲希ちゃんは、きょとんとしている。

「違うよ。ママとパパは、お兄ちゃんのために行ったんじゃないよ」

訳が分からないという様子の妹にさらに言葉をほぐして説明しようとしている彼を止めた。咲希ちゃんはなんて言葉にしたらわかってもらえるのかという顔をしている。ただ単に意味を理解していないということではなさそうだ。

「ママはね、チョコのケーキ買ってくるねって、みんなで食べようねって言ってたんだよ。だから、お兄ちゃんのために買いに行ったんじゃなくて、みんなでおいしいものを食べるために買いにいったんだよ。だからお兄ちゃんのせいじゃないんだよ」

咲希ちゃんの言葉に、幸希くんは「そっか、そうか」と、妹の頭に置いていた手を自分の頬に持っていく。

……そうか、そっか……何に首肯《うなず》いているのかわからないぐらいに、幸希くんは首を動かしている。見ないふりをしている私の目も、再び熱くなっていく。年長者二人

が泣く様子に、

「お兄ちゃんもかなちゃんも、ぐすっ、泣かないでよぅ、さきちゃんも悲しくなっちゃった、うぇぇん」

と、大きな声で泣き始めてしまった。

「いいから、ひっ、飯食え」

幸希くんが鼻をすすりながら、涙ごと飲み込むように味噌汁《みそしる》をがぶりと口に入れる。

咲希ちゃんも息を吸うことと食べることと、しゃくりあげることを忙《せわ》しなく行いながら、「かなちゃん、おかわりぃ」とお椀を差し出す。私は立ち上がり、自分の分もおかわりを入れ、両手にお椀を持って席に戻る。

「みんなで食べたら、元気に、うぐぅ、なれるからね、うっ」

みんなそれぞれに泣きながら、必死にお椀を口に運び、咀嚼し、飲み下してはまた口をつける。外から見たら、さぞかしおかしな光景だろう。

それでも私たちはもう知っている。

朝ごはんを食べれば、元気が湧いてくる。

みんなで食べれば、慰め合うこともできる。

味見をしたときにはちょうどよかったはずの《キャベツの味噌汁》は、煮詰まったようなしょっぱい味になっていた。

碌《ろく》な会話もなく、貪《むさぼ》るように朝食を食べ、鍋《なべ》いっぱいに作っておいたはずの味噌汁は空になっていた。食べすぎなのか、泣きすぎなのかわからないが、みんなで頬をカピカピにして放心しながらも、どこか満足したような表情となっている。微睡《まどろ》みのような心地よいぼんやり感に浸り、ぽろりと呟《つぶや》いてしまった。

「ずーっと、こんな風に毎日が過ぎていけばいいなあ……」

ぶつかったり、励まし合ったり、細やかなことによい感情も悪い感情も持ちより合って、日々を紡いでいくことに幸福がみえるようになった。誰かと暮らしていくことに不安を覚えていたことが、嘘のようだ。

「……彼方さんの未来を、自分たちが潰《つぶ》してるんじゃないかっていうのも、怖かったんです」

思いがけない言葉に幸希くんを見つめると、彼は疲労感露《あら》わなため息を吐いた。

「オレたちがいなければ、ハンドメイド作家だって、大企業に再就職だって、就職せずに結人さんと一緒になることだってできただろうに」

瞬きを繰り返し、自分の頭を整理する。が、よくわからない。

「なんでそこで結人くんが出てくるの？　結人くんは管理してくれてるけど、この家は妹の由貴緒の家だよ？」

「え、だって……」

まじまじと幸希くんを見つめ返すと、彼は訝《いぶか》しげな表情をグラデーションのように納得したものに変えていき、なんでもないと言い張った。哀れみを湛《たた》えたような顔に、私は納得ができない。が、これ以上展開する中身もない。

「久しぶりに誰かと暮らすことには戸惑ったけど、二人を邪魔だと思ったことはないよ。むしろ二人に救われたことがたくさんある。心配してくれるのは嬉《うれ》しいけど、私は大企業に就職したいわけじゃないし、ハンドメイドは趣味のままがいいし、就職にまごついていたからこそ憧《あこが》れの先輩の誘いを受けることができたんだよ」

幸希くんはまだ疑わしげな目を向けてくるので、歯を見せて笑う。

(言うなら、今じゃないか？)

伝えたいことを思い浮かべると、それだけでドキドキと緊張していく。テーブルの下で、手にかいた汗を拭《ぬぐ》う。

「幸希くんは、成人して卒業したら出て行くと言っていたけど……どんな進路を選んでも、これからも一緒に暮らしていきたい！……と思ってるんだけど」

彼の難しい顔を見て、私は視線をテーブルに落とした。

二人との生活は、もうすぐ三ヶ月を迎える。まだまだ発展途上で、開けていないドアも引き出しもお互いにたくさんあるだろう。それを楽しめるようになってきたところなのに、終わりを考えたくない——という思いすら建前だ。

寂しい。この生活を終えたときに、もう一人でやっていける気がしない。

「……どうかな」

立ち上がる音がして目を上げる。幸希くんはキッチンへと向かい、何かをし始めた。

カチャカチャと食器が触れ合う音がする。以前は家で聞くことのなかったものだ。

トレーを手に戻ってきた兄を、咲希ちゃんは不安そうに見上げた。

「かなちゃんとバイバイしないといけないの？」

釣られるように眉《まゆ》を寄せると、

「そんなことないよ」

声がすぐ横から降ってくる。

目を瞬《しばた》かせる私の目の前に、幸希くんはスープカップを置いた。朝食として度々付け加えられる、いつものコーンスープだ。強いて言えば、いつもは争うように入れているクルトンが入っていない。

「彼方さんが初めて作ってくれた朝ごはんに、コーンスープを出してくれたのを覚えていますか？」

あのときは、ダマだらけになってしまった。それなのに、彼らは口をつけてほっとしたように肩の力を抜いてくれたのだ。

「それまでは別になんとも思ってなかったし、あってもなくても変わらなかったんだけど、今はないとなんとなく寂しくなることもあって、だから、その……」

座り直した幸希くんは、居たたまれない、とでもいうように大きく頭を下げた。

「こちらこそ、これからもお願いします」

目を輝かせた咲希ちゃんが、真似をしてぺこりと勢いよく頭を下げた。その光景が面白くて、含み笑いを漏らす。

「……また涙出てきそう」

顔を上げた咲希ちゃんは、なぜだか不服そうだ。

「なんでバイバイするって言ってたの？　そんな話、さきちゃんは嫌いなんだからね」

「咲希ちゃんも幸希くんも、住んでたおうちがあるでしょう？」

私の説明に、彼女はますます眉根を寄せた。

「おうちって、家族がいる場所なんだって先生が言ってたよ。だから、かなちゃんとお兄ちゃんがいるここが、さきちゃんのおうちでしょう？」

その言葉をきっかけに、私の涙が勢いを増したのは、言うまでもない。

エピローグ　あたりまえのおにぎりと卵焼き

どこか遠くで、声がしている。近いのに手が届かないもどかしさに、私は声を上げた。

——行かないで、ここにいて！

「もう！　かなちゃん、寝ぼけるのはおしまいだよ！」

布団の上からボフンとお腹に衝撃が走る。一瞬息が詰まったことで、新しい酸素が一気に頭の中に回り出した。現実はこっちだ。

かわいい笑顔が目の前に広がっているが、お腹が苦しい。もしかして飛び乗ってきたのだろうか。

「おはよう、かなちゃん。朝ごはんだよ」

「え、うそ！　もうこんな時間!?」

確か昨日は何も作れずに寝てしまったはずだ。飛び起きながら、冷蔵庫の中を思い出す。すぐできるのは、ハムエッグかな。あ、ごはん炊いてないけど、食パンもあったっけ？

それほど長いブランクがあった気はしないし、知ってる顔が多く、残業もそれほど重ねずに帰されているのに、家に着く頃にはヘトヘトに疲れている。久しぶりに働くということが、これほど厄介なものだとは知らなかった。

「ごめん、今起きた！」

リビングに駆け込むと、ふんわりと甘い香りが漂っていた。テーブルの上には、マグカップのペンギンとクラゲ、イルカが顔を突き合わせて汗をかいている。

「え、なんで？　ごはん炊いてなかったよね」

呆然《ぼうぜん》とする私を通り過ぎて、幸希くんが卵焼きと味噌汁《みそしる》を並べる。

「朝ごはんは一緒に食べるって約束じゃないですか」

「二人で作っておいたから、大丈夫だよ～。はい、今日はツナマヨのおにぎりだよ」

さっさと椅子に戻っていた咲希ちゃんが、両手でおにぎりと海苔《のり》を渡してくれる。

仕上げはセルフが、我が家のルールになってきている。

ありがとうと受け取ると、咲希ちゃんは笑顔で両手を合わせた。

「いただきます」

三人の声が揃う。

私はおにぎりを海苔で包み込むと、がぶりとかじりついた。

「あれ、なんかいつもより美味しい」

「今日はおにぎりにしようと思って、塩を入れて炊いてみたんです」

そんな裏技みたいなこと、どこで覚えてきたんだろう。先日家を整理してきた時に見つけてきた従姉《いとこ》のレシピだろうか。厚く巻かれた黄色い卵焼きも、どんどん鮮やかでふかふかなものへ進化している。私も負けていられない。

「今日は直帰で早く帰れるから、咲希ちゃんのお迎えは私が行けるし、私がお夕飯作るけど、何か食べたいものある？」

「さきちゃんはね、おはぎがいい」

「最近そればっかり。夕飯にならないだろ。冷凍してあるハンバーグがいいです」

「そろそろ食べないといけないしねぇ。付け合わせのポテト買ってくるね」

「グルグルポテトにしてぇ。さきちゃんが混ぜるから」

「じゃがアリゴね。了解！」

「そういえば、模試の結果が返ってきたんです」

「え、どうだったの」

「思ってた以上は取れてましたけど、もう少し伸ばさないと安心はできません」

「そっかあ……もう少ししたら私もペースを摑《つか》めると思うから、しっかり受験の態勢になってもらえるように頑張ります」

マグカップの冷たい麦茶を飲み干す。咲希ちゃんが大層気に入っているため、せっかく買ったグラスセットはなかなか出番がこない。

「こちらこそ頑張ります。皿は洗っておくので、置いておいてください」

幸希くんは時計を指す。私が家を出る時間まで、十五分を切っている。まずい、と立ち上がり、洗面所へ駆け込んだ。

時間内になんとか支度を終え、リビングを飛び出す前に振り返った。

「いってきます」

「いってらっしゃい」

「お迎え待ってるからね～」

賑《にぎ》やかな二人の話し声が聞こえる。ドアが閉まると、今までのことが嘘のような静けさに包まれた。しかし、あちらこちらで、誰かが生活をしている音がしている。

私は深く息を吸い込み、颯爽《さっそう》と駅へ向かい始めた。

不格好な『家族』の一日が、今日も温かい朝ごはんから始まった。

本書は書き下ろしです。

あけびさんちの朝《あさ》ごはん

石井颯良《いしいそら》

令和5年 1月25日　初版発行

発行者●山下直久

発行●株式会社KADOKAWA
〒102-8177　東京都千代田区富士見2-13-3
電話　0570-002-301(ナビダイヤル)

角川文庫 23493

印刷所●株式会社暁印刷
製本所●本間製本株式会社

表紙画●和田三造

●お問い合わせ
https://www.kadokawa.co.jp/（「お問い合わせ」へお進みください）
※内容によっては、お答えできない場合があります。
※サポートは日本国内のみとさせていただきます。
※Japanese text only

ISBN 978-4-04-112746-9　C0193

◇◇◇

角川文庫発刊に際して

角　川　源　義

第二次世界大戦の敗北は、軍事力の敗北であった以上に、私たちの若い文化力の敗退であった。私たちの文化が戦争に対して如何に無力であり、単なるあだ花に過ぎなかったかを、私たちは身を以て体験し痛感した。西洋近代文化の摂取にとって、明治以後八十年の歳月は決して短かすぎたとは言えない。にもかかわらず、近代文化の伝統を確立し、自由な批判と柔軟な良識に富む文化層として自らを形成することに私たちは失敗して来た。そしてこれは、各層への文化の普及滲透を任務とする出版人の責任でもあった。

一九四五年以来、私たちは再び振出しに戻り、第一歩から踏み出すことを余儀なくされた。これは大きな不幸ではあるが、反面、これまでの混沌・未熟・歪曲の中にあった我が国の文化に秩序と確たる基礎を齎らすためには絶好の機会でもある。角川書店は、このような祖国の文化的危機にあたり、微力をも顧みず再建の礎石たるべき抱負と決意とをもって出発したが、ここに創立以来の念願を果すべく角川文庫を発刊する。これまで刊行されたあらゆる全集叢書文庫類の長所と短所とを検討し、古今東西の不朽の典籍を、良心的編集のもとに、廉価に、そして書架にふさわしい美本として、多くのひとびとに提供しようとする。しかし私たちは徒らに百科全書的な知識のジレッタントを作ることを目的とせず、あくまで祖国の文化に秩序と再建への道を示し、この文庫を角川書店の栄ある事業として、今後永久に継続発展せしめ、学芸と教養との殿堂として大成せんことを期したい。多くの読書子の愛情ある忠言と支持とによって、この希望と抱負とを完遂せしめられんことを願う。

一九四九年五月三日